雑草聖女の逃亡

隣国の魔術師と
偽夫婦になって亡命します

2

森川茉里

ill. 三登いつき

CONTENTS

一章　囚われの聖女　003
二章　襲撃　049
三章　禁忌の魔術　056
四章　月満ちる日に　082
五章　偽りの聖女　128
六章　旅の終わり　157
七章　聖女の決断　199
終章　新天地へ　231
後日談(一)　小さな芽吹き　236
後日談(二)　第二王子の婚約　245
後日談(三)　小さなおねだり　256
あとがき　260

ZASSOU SEIJYO NO
TOUBOU

一章　囚われの聖女

男たちはカーヤと同じようにマイアにも麻袋を被せると、荷物のように乱暴に担ぎ上げた。

人の手で運ばれていたのはわずかな時間で、すぐにガタゴトと音を立てる乗り物に乗せられる。

麻袋には独特な匂いがあり、元々乗り物に弱いマイアは一瞬で気持ち悪くなった。何しろこの乗り物ときたらものすごく揺れるのだ。


……どれくらいその苦行が続いたのだろう。

ようやく麻袋が取り払われたとき、視界に入ってきたのは、鬱蒼とした木々と大型の幌《ほろ》馬《ば》車《しゃ》だった。

街からは随分と離れたようで、辺りに人の気配はなかった。

マイアは町の人間が荷運びに使うような木製の手押し車に積み込まれていた。乗り物の正体はこれだったらしい。酷《ひど》く揺れた理由にも納得だ。

周囲には誘拐犯一味の男が何人もいる。連中の服装はまだ仮装のままだったが仮面は外していた。

どいつもこいつも、いかにもな人相の悪さだった。

「ちょっと！　きつく縛りすぎたんじゃないのかい!?」

ぐったりと手押し車にもたれかかるマイアを見て、慌てた様子で老婆が駆け寄ってきて口の猿轡《さるぐつわ》を外してくれた。

外の空気を吸うだけで随分とマシになる。マイアは荒い呼吸を繰り返した。

そんなマイアの顔に老婆の手が伸びてきて、仮面が剥《は》ぎ取られた。すると老婆の傍にいた男が口笛を吹く。

「ちぃっと細すぎるが顔はまあまあじゃねぇか。マム、ちょこっと味見さしてくださいよ」

老婆は眼光鋭く男を睨みつけると、その頭をぱしんと叩いた。

「だめに決まってんだろ。無傷で届けなきゃ価値が下がんだよ。……そっちの子供は使いものにならないかもね。お前らが考えなしに蹴飛ばすから。大人より子供のが高く売れんのに、この馬鹿どもが」

老婆の視線がマイアの隣に送られた。思わずそちらを確認したマイアは大きく目を見張る。

そこには、ぐったりと動かないカーヤが横たわっていた。

（なんてことを……！）

息を呑み、青ざめたマイアの髪に老婆の手が伸びてきて、髪飾りがするりと抜かれた。まとめあげていた髪がはらりと落ちて視界に入ってくる。

「まぁあんたの装身具で多少は取り戻せるかね。安心おし、依頼主が欲しがってるのは、あんたらの体だ。あんたが身に着けている金目の物はあたしらが有効活用してやるよ」

「体ってどういう意味……」

「さあね。あんたらの運命は依頼主のところに着いてからのお楽しみさ。……そうだね、一つ教えてやるよ。依頼主が求めているのは健康状態が良好な人間だ。特に子供を連れていくと高値で買い取ってくれる」

老婆はそう言うと「キヒヒッ」と下品に笑った。口を開けた途端乱杭歯《らんぐいば》が見えて汚らしい。

マイアは老婆の発言から、エミリオから聞いた子供がいなくなる事件の話を思い出した。

犯人は、きっとこいつらだ。この口ぶりからすると、裏社会に蠢《うごめ》く人身売買組織の一員、という雰囲気である。

特に子供が高値で売れるとはどういう意味なのだろう。世の中には子供を好む変態がいるというから、そういうところに売られるのだろうか。マイアの背筋がぞくりと冷えた。

「可哀想に。あんたはとんだとばっちりだ。大人はちと値が下がるけど、それでもいい値段で売れる。道に迷った旅行者なんてあたしらにとってはご馳走と一緒さ。失踪しても街の自警団はろくに調べやしないからね」

そう告げる老婆は上機嫌だった。その次の瞬間だった。

「うわっ！　なんだこいつ！」

突然背後からそんな声が聞こえたかと思うと、一味の視線がマイアに集中した。

「こりゃ驚いたね……あんた、魔術師だったのかい」

老婆は呆然とつぶやきながらマイアの髪を摘まみ上げた。視界に入ってきた自分の髪の色にマイアはぎょっと目を見張る。

——焦げ茶からマイア本来の髪色である赤茶に変わっていた。そして気付く。背後に回っていた一味の男に、魔道具の指輪が手袋ごと奪い取られていた。

……ということは、つまり、魔道具によって偽装していた瞳の色も戻っているに違いない。

また、奪われたのは指輪だけではなかった。夫婦を偽装するためにルカに貰った婚姻腕輪も男の手の中にある。いつの間に取られたのだろう。全く気付かなかった。

「マム、これってまずいんじゃゃ……？」

「うろたえるんじゃないよ！　魔術師は確か手が使えなきゃ魔術を使えないはずだ！」

悔しいが老婆の発言は事実だ。魔力器官で生成された魔力は手の平からしか放出できない。

そもそもマイアは魔術師ではないのだが、聖女であると知られたら、より面倒なことになるのが目に見えている。だから連中を睨みつけるにとどめた。

せめて手が使えたら護身用の魔術符で抵抗できるのに。マイアは攻撃魔術を習得していない。だから代わりにゲイルがいくつかの魔術符をマイアに持たせてくれていた。

「おい、お前、閣下に連絡しな。魔力保持者の女を捕まえちまったってね」

老婆は男のうちの一人を指名すると、懐《ふところ》から白粉《おしろい》を入れるパウダーケースのようなものを出して投げ渡した。

ちらりと見えたケースには、魔術塔《マギア・トゥルリス》の刻印が入っていたから、恐らく通信用の魔道具だ。

通信魔道具は非常に高価で、基本的に特権階級のためのものだ。それを所持しているということは、この連中の背後には恐らく大物がいる。『閣下』という呼び名から推測されるのは、それなりの地位にいる貴族か軍人か――どちらにしても面倒な相手である。

周囲の男たちの老婆に対する態度からすると、一味のリーダーはこの老婆なのだろう。

「お前、どこかに魔術筆《クイル》を隠し持ってるはずだね。どこに隠してる？　言いな！」

高圧的に話しかけてきた老婆をマイアは睨みつけた。

「素直に教えるとでも……？」

魔力という純粋なエネルギーを、火や水といった別の性質を持つものに変換するには、魔術式を介して加工する必要がある。魔術の発動媒体である魔術筆《クイル》は魔術式を構築するために最適化された一種の魔道具で、中には水晶孔雀の羽軸と磨き込まれた月晶石が組み込まれている。

この魔術筆《クイル》だが、実は最低でも二年以上かけて使用者の魔力を馴染ませないと使いものにならない。そのためこの国の魔力保持者の子供は、魔術塔《マギア・トゥルリス》に迎え入れられると同時に新品の魔術筆《クイル》を与えられるのが慣例だった。

魔術筆《クイル》なしで魔術を使おうと思ったら、手の平から放出した魔力を制御して術式を構築するしかないのだが、それには相当な魔力の制御能力が要求される。太い筆で細かい文様を描こうとするようなものだ。

挑戦したことはないが恐らくマイアにはできない。あまり魔力制御は得意ではないのだ。

「ちょっと！　変なとこ触らないで！」

老婆に体をまさぐられ、マイアは悲鳴を上げた。

「なら、どこに隠し持ってんのか教えな。あたしじゃなくて、そこの男どもに探させたっていいんだよ！」

老婆の言葉にマイアはギリッと歯を食いしばった。

医療知識優先の教育を受けてきたマイアに大した魔術は使えないのだが、それでも魔力器官に目覚めてからの九年間、ずっと愛用していた魔術筆《クイル》を奪われるのには抵抗がある。

「ジャン！　魔術師様はあんたに体をまさぐられたいみたいだ」

老婆に声をかけられ、下卑《げび》た笑みを浮かべた男がこちらに進み出た。「味見さしてくださいよ」と先程発言した男だ。

「やめて！」

マイアは思わず悲鳴を上げた。魔術筆《クイル》を奪われるのは嫌だけど、それ以上にニヤニヤといやらしい笑みを浮かべながらこちらを見ている男に体を触られるほうが無理だと思った。

「魔術筆《クイル》はスカートの衣嚢《ポケット》の中よ……」

「最初から素直に教えときゃいいんだよ」

老婆は吐き捨てると、マイアの服をまさぐり魔術筆《クイル》を奪い取った。そして意地の悪い笑みをこちらに向けてくる。

「確かこいつは一度壊れると作り直しに時間がかかるんだっけ？」

老婆の言葉にマイアは青ざめた。

壊れたときに備えて、魔力保持者は誰しも予備の魔術筆《クイル》を持っているものだが、生憎《あいにく》マイアのそれは首都の王城にある。

「やめて！」

制止は無意味だった。老婆は一味のうち、特に体格のいい男に魔術筆《クイル》を渡す。

次の瞬間――マイアの目の前で、魔術筆《クイル》は真っ二つにへし折られた。

涙腺が緩んで涙がこぼれそうになった。マイアはまばたきを繰り返し必死に涙を散らす。

こんな奴らの前でみっともなく泣きたくなかった。必死に堪え、代わりに強い憎しみを込めて睨みつける。

「この指輪は魔道具かい？　いい値で売れそうだね」

老婆はマイアの怒りなど、どこ吹く風だ。いつの間にかマイアの髪と瞳の色を変えていた指輪を手にしており、しげしげと眺めてからにんまりと笑った。

「さて、引き続き身体検査といこうかね、魔術師様。他にも何か魔道具を隠し持ってるんじゃないのかい？　素直に協力するのなら検査はあたしがやってやるよ」

マイアは屈辱に震えたが、老婆の言いなりになるしかなかった。


「これで全部かね」

マイアの身体検査を終えた老婆の手には、隠し持っていた魔術符がある。

これを奪われたら、もうマイアには抵抗の手段がない。

しかも、悪党に良心や配慮があるはずもなく、検査は男たちの目の前で行われた。服を全て剥《む》かれた訳ではないが、人前で容赦なくスカートをめくられたり全身をまさぐられたのでマイアのプライドはズタズタである。泣かないと決めたのに、あまりの悔しさに視界が滲んだ。

そこに先程通信魔道具を渡された男が戻って来る。その手には金属製の無骨《ぶこつ》な輪っかが握られていた。

「マム、閣下がこいつを魔術師の首にはめろって」

「なんだい、そりゃ？」

男の発言に老婆は眉をひそめた。

「魔術を封じる効果がある魔道具らしい。魔術で送られてきた」

物を遠方に送る魔術――《物質転送《アポート》》だろうか。安全性を考慮しなくても済む分、人間を遠方に転送する《空間転移《テレポート》》や《他者転移《テレポート・アザー》》といった魔術よりも難易度は低いが、力のある術者でなければ使用できない魔術だ。

こいつらの背後にいる『閣下』は魔術師の可能性が高い。マイアの背中を嫌な汗が流れた。

老婆が近付いてきて、マイアに魔道具の首輪をはめた。すると途端に魔力が吸い上げられる嫌な感覚に襲われる。

きっとこれは《魔封《マジック・シール》》の首輪だ。罪を犯した魔術師の拘束に用いられる代物《しろもの》である。

「これで本当に無力になったって訳か」

老婆は青ざめたマイアを一瞥すると目を細めた。

「マム、閣下がマムと話したいと」

「そうかい。じゃあ、お前らはこいつを馬車の中にぶち込んでおきな」

老婆は通信魔道具を受け取ると、男たちに顎で指示を出した。すると、一味の中でも特に屈強な男がやって来て、マイアを肩に担ぎあげた。

まるで荷物を運ぶときのような乱暴な扱いである。乗り物酔いからまだ完全に回復していないのに、お腹を圧迫されたせいで吐きそうだ。

戻しそうになるのを堪えていると、男は幌馬車の中にマイアを運び込んだ。

幌とカーテン状の布で隠されていたが、馬車の中には牛や馬を運ぶような大きな檻が積み込まれていた。

男は檻の扉にはめられていた頑丈そうな錠前を外して扉を開けると、マイアを中に放り込む。

乱暴な扱いだがあまり痛みは感じなかった。これは恐らくテルースの仮装衣装の下に着込んだ、魔術布に替えた服のおかげだろう。これを着てきたのは、「人混みでは何があるかわからないから着ておいたほうがいい」というルカの忠告があったからだ。結果的に正解だった。

まだ縛られたままなのでもぞもぞともがいていると、続いてカーヤも檻の中に投げ込まれた。

そして扉が閉ざされる。男は錠前をかけなおすと、一言も発さずに馬車を出ていった。

幌とカーテンのせいで、まだ真昼だというのに檻の中は薄暗い。

まるで売られていく家畜みたいだ。いや、これからまさに売られるのだが。

頭痛を覚えたマイアは、檻の中に先客がいることに気付いた。

檻の隅に女の子が座り込んでいる。黒猫の仮装衣装に身を包んだ一二、三歳くらいの少女だ。

薄暗い中でも淡い金髪と整った容姿の持ち主であることがわかる。複雑に編み込んだ髪型に黒い三角の耳と尻尾がよく似合っていた。

「外の声が聞こえてきたわ。あなた魔術師のくせに捕まったの？　間抜けね」

少女は辛辣《しんらつ》だった。つり目がちの飴色の瞳が生意気そうだ。

「私も人のことは言えないけどね。護衛を撒くんじゃなかったわ」

少女は立ち上がるとマイアに近付いてきた。その所作は優雅で、いいところのお嬢様のようだった。

マイアの背後に回ると、少女は後ろ手に手首を縛める縄との格闘を始めた。

「どこに所属されているの？　どういう経緯でキリクに？」

少女とはいえ上流階級に所属すると思われる子供の質問に、マイアはどう答えたものか躊躇《ためら》った。

「どうして何も仰《おっしゃ》らないの？　もしかして言えない事情がおありなのかしら？」

首を傾げながらも少女は少しずつマイアを縛める縄を解《ほど》いていく。

「あなた……まさかマイア様……？　マイア・モーランド様ではありませんか？　聖女の」

唐突に本名を呼ばれたのは、縄が緩み始めたときだった。

ギョッと目を見張り、身動《みじろ》ぎすると同時に腕の縄がはらりと落ちる。

縄がこすれたせいで痛む手首をさすりながら、マイアはまじまじと少女の顔を観察した。

残念ながら覚えがない。どこかで会ったことがあるのだろうか。

「私の名はネリー・セネットと申します。こうしてお会いするのは初めてなので記憶されてなくて当然かと存じます。ザカリー・セネットの孫娘と申し上げましたらおわかりになりますでしょうか？」

マイアは瞠目した。ザカリー・セネットの名前に聞き覚えがあったからだ。

彼は、昨年亡くなるまでの間、マイアがほぼ専属で診ていた先代のセネット伯爵である。胃に腫瘍ができる『岩』と呼ばれる死病を患っていて、痛みの緩和のためによく呼び出された。

マイアが半ば専属のような状態になっていたのは、隙あらば卑猥な発言をしたり、聖女のお尻や胸を触ろうと狙ったりする困った人物だったせいだ。

「セネット前伯爵閣下のお孫さんですか……」

ザカリーの様々な迷惑行動を思い出し、マイアは顔をひきつらせた。

「はい。その節は祖父が多大なご迷惑をおかけして……やっぱりマイア様でいらっしゃいましたね」

ネリーに改めて本名を呼ばれ、マイアは失言に気付いた。

逃亡中であることを忘れて普通に受け答えをしてしまった。

——そのときだった。

「う……」

小さなうめき声が聞こえたのでそちらを見ると、半ば存在を忘れかけていたカーヤがわずかに動いていた。

(助けなきゃ)

マイアは慌ててカーヤに駆け寄ると、妖精の仮装衣装に手をかけた。

確かカーヤは胴体を蹴飛ばされていた。それを裏付けるように、服をめくると腹部に酷い痣《あざ》ができている。

横から覗き込んできたネリーが息を呑む気配がした。

「なんて酷い……外の連中の仕業ですか？」

マイアは頷くと、カーヤのお腹に手を当てて魔力を流し込んだ。

「……っ！」

いつものように魔力がうまく放出できない。そこで忌々しい首輪の存在を思い出す。

この首輪が魔力の放出を妨げている。ほんの少しだけ手の平が金色に発光しているので、完全に封じられている訳ではなさそうだが、いつものような速度で癒すのは無理だ。

「マイア様……どうですか？　治せそうですか……？」

「わからない。でも何もしないよりはマシだと思う」

マイアはネリーに答えながら微弱な魔力を必死に流した。

◆◆◆

微弱な魔力でも流し続けたら効果があったようで、だんだんカーヤのお腹の痣が薄くなってきた。

マイアはふうっと息をつくと、カーヤのお腹に当てていた手を離す。

「いかがですか……？」

おずおずと尋ねてきたネリーにマイアは微かな笑みを向ける。

「たぶん大丈夫だと思う」

カーヤの意識はまだ戻らないが、呼吸は規則正しいものに変わっている。するとネリーは安堵の息をついた。

「良かった……この子は幸運ですね」

「人攫《ひとさら》いに遭ったけどね……」

しまった。ネリーの表情が曇ったのを見て、マイアは自分の発言を後悔した。

「ごめんなさい。失言だった」

「いえ、事実ですから」

ネリーは苦笑いしながら首を振った。

「マイア様はどうしてキリクに？　今は冬の討伐の時季ではないのですか？」

「……少し事情があって」

どう答えたものか迷いながら返事をすると、ネリーは眉をひそめた。

「聖女様が討伐を抜けるなんて、ただ事ではないですよね……」

「………」

どうしよう。どう答えたらいいのかわからない。

貴族の娘であるネリーに、命を狙われたから隣国に逃げているところです、と真実を告白するのは躊躇われ、マイアは困り果てて目を逸らした。

ネリーの視線が突き刺さる。

「もしかして、なんですけど……」

言いにくそうにネリーは口ごもった。

ネリーはこの国の貴族令嬢、権力者側の人間だ。マイアの逃亡を察したのかもしれない。

軍からの逃亡は重罪だ。マイアは責められる覚悟をした。

しかし、次にネリーが発したのは——。

「駆け落ちですか？」

意外な言葉にマイアは目を見張る。

その反応を誤解したのか、ネリーは訳知り顔で頷いた。

「やっぱりそうなんですね？　だって第二王子殿下とはあまりうまくいっていないと聞きましたもの」

「……そんなことがネリー様のように小さなお嬢様たちにも噂《うわさ》になっていたのでしょうか」

この国では未成年は社交界には出ない。自分の家よりも家格の高い家に失礼を働いたら大変なことになるので、礼儀作法を完全に覚えるまでは両親や両親の知り合い以外の貴族と接する機会はほとんどないと言っていい。

マイアの質問にネリーは言いにくそうに口ごもった。

「えっと、実は、いとこのお姉様から聞いたんです。申し訳ありません、ご不快でしたよね……」

「いえ、事実なので……」

「……アベル殿下は何がご不満なのかしら」

ネリーの怒りの声に、マイアは目を見張った。

「マイア様は素晴らしい聖女様です。お祖父《じい》様は孫の私から見てもかなり酷い人でした。そんな人を嫌な顔一つせず治療してくださったでしょう？　そんなマイア様が気に入らないだなんて……お逃げになりたくなる気持ちもわかります！」

いつの間にやらネリーの中では駆け落ちは決定事項になっているようだ。

討伐隊の中でも、恐らくマイアは一緒に埋められていた騎士と駆け落ちしたことになっているはずなので、ここは下手に何も言わないほうがいいような気がしてきた。

「あの、参考までにお尋ねしたいのですが、お相手はどんな方ですか？」

「……討伐に参加していた傭兵です」

この流れだと駆け落ち相手はルカにするしかない。

心の中で冷や汗をかきつつ返事をすると、ネリーはきらきらと目を輝かせ始めた。

「聖女様と一介の傭兵の恋だなんてまるで物語みたい！　お相手はどんな方ですか？　傭兵ということは屈強な体つきをなさっているんでしょうか！」

矢継ぎ早の質問にマイアは身を引いた。

「そ、そんなことよりもネリー様、どうして貴族のお嬢様のあなたがこんな所に……？」

慌てて話題を変えようとすると、ネリーはむっと膨れた。

「まあ、どんな方がマイア様のお相手かは大変重要なのですが……それは後でゆっくりとお聞きするとして、私が攫われたのは護衛を撒いてお祭りを楽しんでいたからですね」

そう言ってネリーは肩を落とした。

「キリクは当家が飛び地で持っている領地なんです。だから毎年この時季はここで湯治がてら祝祭を見物することになっているのですが……せっかくのお祭りも護衛が一緒だと楽しめないんですよね。屋台の食事は不衛生だの、的当ては淑女のすることではないだの口うるさくって」

少し気持ちはわかるかもしれない。大人の干渉が鬱陶《うっとう》しくて仕方がない時期は誰にでもあるものだ。

「まさか、こんな悪党たちに捕まるなんて思いませんでした」

ネリーはため息交じりに告げると悔しげに唇を噛んだ。

「私たち、これからどうなるんでしょう……」

マイアは思わず疑問を漏らす。するとネリーはむすっとした表情で口を開いた。

「実は身分を明かしたんですが、身代金を要求するつもりはないようです。足がつく恐れがあるから、当初の予定通り依頼主に売り飛ばすと鼻で笑われました」

「身分を明かされたんですか……？」

「交渉の材料になるかと思ったんです。無駄でしたけどね……貴族の子供なら保有魔力量が高いだろうから好都合だと鼻で笑われました」

「保有魔力量？」

マイアは首を傾げた。この国の貴族は伝統的に魔力保持者を婚姻により取り込んできた。そのため、平民よりも貴族のほうが、魔力保持者になるほどではなくても、遺伝的に多くの魔力を持って生まれてくる傾向にある。しかし、一味はなぜそんなものに価値を見出《みいだ》すのだろう。

「マムと呼ばれていた連中のリーダーらしい老婆がいたでしょう？　あの人が聞いてもいないのに教えてくれました。私たちはどこぞの頭のおかしい魔術師貴族に、人体実験の材料として売り飛ばされるそうです」

「人体実験……材料……？」

そんな実験は倫理的な観点から許されない。

しかし、一部の人を人とも思わない魔術師の中には、裏の市場を通じて人間を売買し、様々な魔術的実験に用いる者がいるという噂は聞いたことがある。中には秘密裏に国家主導で行われている実験もあるとか……。

マイアは魔術塔《マギア・トゥルリス》で出会った魔術研究者たちの顔を思い出した。研究に人生を捧げた者には変人が多い。

「……最近貧民窟《ひんみんくつ》や下町で子供が誘拐される事件が起こっていると聞きました。もしかして関係があるんでしょうか？」

「マイア様もご存知でしたか。そうですね。私も関わりがあるのではないかと思います」

ネリーは一度言葉を切ると小さく息をついた。

「一体どんな魔術かは知りませんが、その実験には子供の肉体が最適なんだそうです。大人でも構わないけれど、子供のほうがより必要な効果を得られるとかで……」

「ネリー様……」

恐怖なのか怒りなのか、ネリーはわなわなと震え始めた。

「腹が立つのはあの老婆、貴族が気に食わないそうで、私の恐怖に歪む顔が見たい、と言い放ったのです！　……絶対に泣いてなんかやらないわ。きっとうちの者が私を助けに駆けつけてくれるんだから」

言葉は気丈だが怖いのだろう。ネリーの表情は今にも泣きだしそうだった。

「私も同じ貴族に売られるのかしら……」

マイアはぽつりとつぶやいた。魔力保持者の体もさぞかし、いい実験材料になりそうだ。

「実験には魔力と生命力の両方が必要だと聞きました。だから恐らくマイア様も……」

「…………」

マイアもネリーも黙り込んだ。馬車の中の空気は重い。

「ネリー様、できれば私が聖女だということは黙っていて頂けるとありがたいのですが……」

マイアの依頼にネリーは頷いた。

「そうですね。不幸にも悪党に誘拐された聖女様のその後は酷いものになると聞きます。隠しておかれたほうがいいと思います」

ネリーは頭の回転が速い。初めは生意気に見えたが、こうして話していると、まるで大人を相手にしているみたいだ。

「ネリー様はおいくつでいらっしゃるんですか？」

「一三歳です」

見た目通りの年齢だった。

「とてもしっかりされていますね」

「……褒めても何も出ませんよ。こんな状況ですもの」

恥ずかしそうに頬を染めるとネリーは目を逸らした。

「私のことはリズと呼んで頂けますか？　駆け落ちに協力してくださった方が用意してくれた名前な

んです」

本名から素性がバレるかもしれない。マイアはネリーに偽名で呼ぶように頼んだ。

「かしこまりました。リズ様ですね、間違えないようにしなくては……」

幌馬車を外界から隔てるカーテンが開けられたのは、ネリーとそんな会話を交わしていたときだった。

「商品同士随分と仲良くなったみたいだね」

顔を出したのは一味のリーダー格の老婆だった。彼女は後ろにもぞもぞと動く麻袋を二つ抱えた大男を従えている。

「お仲間だよ。こいつらとも仲良くしてやんな。短い付き合いになると思うけどね」

老婆が檻の錠前と扉を開くと、大男が麻袋を中に放り投げてきた。乱暴な扱いに、どちらの袋からもくぐもったうめき声が聞こえてくる。

再び檻もカーテンも閉ざされ、老婆たちは去って行った。

マイアはネリーと顔を見合わせると、おずおずと麻袋に近付いた。

「マ……じゃなくてリズ様、先にどちらを開けますか？」

「小さいほうは元気そうなので大きいほうからにしませんか？」

もぞもぞと活発に動く小さいほうに対して、大きいほうはほとんど動かない。マイアが大きいほうを選んだのは、カーヤのように怪我をしている可能性が頭の中をよぎったからだ。

袋の口を縛る紐に手をかけたときだった。唐突に馬車が動き出した。

「それなりの数が揃ったから依頼主のところに連れて行く、ということでしょうか」

発言したのはネリーだ。市場に連れていかれる家畜を連想して気持ちが沈んだ。

マイアは深呼吸し、気を取り直してから麻袋に向き直る。

大きいほうの麻袋の紐を解くと、中から出てきたのは猿轡と縄で拘束された大人の女性だった。

年齢は少しマイアより上に見えた。マイアとよく似た女神の仮装衣装を身に着けている。漆黒の艶やかな髪には生花が飾られていたが、袋に詰め込まれたせいかその花弁は無惨な状態になっていた。

「……ありがとうございます。あの、私、サザリアから祝祭の見物に出てきて……」

拘束を解くと女の人は優しげな顔を青ざめさせ、震える声で話しかけてきた。サザリアは確かキリクから馬車で二時間ほどの距離にある村の名前だ。

「私、夫とはぐれてしまって……そうしたら変な人に取り囲まれたんです！　婚姻腕輪も奪われて……ここは一体……？　私たち、どうなってしまうんでしょうか」

「どこぞの魔術師貴族に売られるみたいですよ。人体実験の材料として」

ネリーの直接的な物言いにマイアはギョッとした。

「ネリー様、もう少し婉曲的に……」

「遠回しにお伝えしようが、売り飛ばされる事実は変わりませんよね？」

それはそうなのだが。

女性はさめざめと泣きだした。

彼女は着ているものの質や見た目からして裕福な家の奥様だ。おっとりとした雰囲気があり、見るからに打たれ弱そうである。

そんな女性の様子を呆れたように一瞥すると、ネリーはまだ活発に動き続けている小さな麻袋のほうへと移動した。そして救出の作業を始める。マイアも慌てて手伝いに向かった。

小さい麻袋の中に入っていたのは、元気そうな男の子だった。

年齢はネリーより少し下だろうか。マイアが苦手としている年代の子供である。

オレンジがかった金髪に黄緑色の瞳、そして意思の強そうな眉が特徴的な少年だ。身に着けているのは騎士の仮装でなかなか良くできている。

「むー、むむーっ！」

猿轡を噛まされ、縄で雁字搦《がんじがら》めに縛られながらもうめき声で何事かを訴えてくる。

マイアは少年の後ろ側に回り、口を縛める布を外してやった。

すると――――。

「お前ら！　よくも僕を後回しにしたな！」

これが少年の第一声だった。

「僕はブレイディ男爵家の後継者なんだぞ！　うちの者が助けに来たら覚えとけよ！」

「リズお姉様、袋に戻しても構いませんか？」

開口一番の高飛車《たかびしや》な発言に、ネリーはいたく気分を害した様子だった。

ネリーの気持ちはちょっとわかる。何しろ彼は、ネリー以上に気の強そうなクソガ……いや、お子

様だ。

「ま、待てよ。僕が悪かった！　袋に戻そうとするんじゃない！　僕を解放してくれ。縄を解いてくれたら金貨をやるぞ！」

袋に戻そうとしたネリーに向かって少年は慌てて声をかけてきた。その発言内容は完全に成金《なりきん》のドラ息子である。

「あなた……プライドはないの？」

マイアの発言に少年は顔を真っ赤にすると口を噤《つぐ》んだ。

「たかが男爵家風情の子供が偉そうに……」

「なんだと!?」

「残念ながら私の家のほうが家格は上なの。うちは伯爵家だもの。そうだわ。『お願いします、馬鹿な僕を助けてください、ネリー様』って言うなら縄を解いてあげる」

少年も酷いがネリーもなかなかである。

「誰がそんなこと言うか！　お前が伯爵家の関係者だって証拠なんてないんだからな！」

「それを言うならあんただってそうでしょ！　なんとか男爵家の子供っていう証拠なんてどこにもないじゃない」

「なんとかじゃない。ブレイディ男爵家だ！」

ぎゃあぎゃあと言い合いを始めた少年少女の姿に、マイアは孤児院時代に戻ったような錯覚に陥った。

「お、お二人ともやめてください！　仲良くしましょう！　同じ攫われた者同士なんですから！」

二人の間に割り込んだのは、さっきまで泣いていたおっとり系の人妻である。

「私、サザリアから来たファリカ・コーエンと言います。まずは皆さん、落ち着いて自己紹介でもしませんか……？」

人妻——ファリカが名乗ったことによって、ひとまずネリーと少年の言い合いは収まった。

「……アイク・ブレイディだ」

どこか憮然とした様子で少年は名乗った。

「私はネリー・セネットよ」

「セネットって……まさか領主様の……？」

驚きの声を上げたのはファリカだった。

「本物かどうかなんてわかるもんか」

「なんですって⁉　新興貴族のブレイディに馬鹿にされる謂《いわ》れはないわ！」

アイクが余計なことを言うからネリーが噛み付いた。

その発言で思い出した。ブレイディ男爵家は、確か海運業で財を成して爵位を得た新興貴族だ。

歴史ある名門、セネット伯爵家の娘であるネリーから見ると、お金で爵位を買った成金ということになる。近年、産業の発達とともに商人や地方の地主層の躍進が目覚ましく、歴史ある世襲貴族は危機感からか、成り上がり者たちを馬鹿にする傾向があった。その縮図をここで展開されてはたまらない。マイアは険悪な空気を和らげるため慌てて割り込んだ。

「私はリズ・クラインです」

名乗ると、途端にアイクは馬鹿にしたような視線をこちらに向けてきた。

「なんで捕まってんだよ。あんた魔術師だろ？」

「……不意討ちされたので」

「間抜けすぎ。魔術でどうにかできないのかよ」

「無理ね。魔力を封印する首輪をはめられちゃったから」

マイアは首元を示した。するとアイクは行儀悪く舌打ちした。

「使えない魔術師様だな」

「リズお姉様になんてことを！　謝りなさい！」

アイクの言い草にすぐさま反応したのはネリーだった。

「なんでお前がそこで出てくるんだよ。関係ないだろ」

「関係あります！　当家はお姉様には大きな恩義がありますから」

またも睨み合う二人の姿にマイアはこっそりため息をつく。

どうもネリーとアイクは相性が悪いようだ。ただでさえ拉致《らち》監禁されて不安なのに、檻の中の空気も悪くなりそうで気が重くなった。

◆　◆　◆

檻の中、酷く揺れる荷馬車、しかも幌とカーテンで閉ざされ、外の新鮮な空気が入ってこない。と、なると——。

「う……」

「お姉ちゃん、大丈夫？」

口元を押さえてぐったりと檻の壁にもたれかかったマイアに声をかけてきたのは、意識を取り戻したカーヤだった。

目を覚ましたカーヤとは、「魔術師だったんだ、嘘つき」なんて会話があったりもしたのだが、その時点で既にかなり気持ち悪くなっていたマイアにまともに相手をする余裕はなかった。

「魔術師様はひ弱だなぁ」

「仕方ないでしょう。魔力保持者は元々丈夫ではないんですから。あなたのような中身も神経も図太い人間と違って繊細でいらっしゃるのです」

憎まれ口を叩くアイクにネリーが言い返した。

アイク以外の他の三人はマイアに優しい。しかし今の体調で、ネリーとアイクがやり合うのを耳元で聞かされるのは体に堪えた。

「ネリー様、アイク様、体調の悪いリズ様の近くでそんな大声を上げてはいけませんよ」

たしなめてくれるファリカと小さくて可愛いカーヤは良心的である。

普通は子供のほうが乗り物には弱いものではないだろうか。マイアはけろっとした様子の他の四人を見て小さくため息をついた。

ひ弱な自分の体がつくづく嫌になる。

ルカと違って、人攫いの一味にこちらへの気遣いは期待できない。吐き気を必死に堪えながら、マイアはひたすら馬車の揺れに耐え続けた。

◆
◆
◆

普通、馬車で移動するときには、定期的に適度な休息を馬に取らせなければいけない。

しかし一味はほとんど休憩を挟むことなく移動しているので、馬をとっかえひっかえ贅沢に使用しているみたいだった。

その馬車が唐突に停まったのは、一体何時間が経過したときだろうか。

何事かと思い顔を上げると、檻を隠すカーテンが開き、老婆が皺だらけの顔を覗かせた。そしてマイアの傍に座り込むカーヤに視線を向けてニタリと笑った。

「……そこのチビ、生きてたのかい。運がいいね」

この場合の運とは、カーヤではなく自分の運がという意味だろう。

「おい！　僕たちをここから出せ！　金ならいくらでもやるぞ！　お父様に連絡したら支払ってくれるはずだ！　僕はブレイディ男爵家の嫡男《ちゃくなん》なんだからな！」

アイクが老婆に向かって喚《わめ》いた。その内容にマイアは呆気に取られる。

一味が顔を出したらただじゃおかない、ぶっ殺してやる、などと袋から救出された直後は息巻いていたくせに、いざリーダー格の老婆を目の前にすると懐柔するような発言を始めたからだ。

ちらりと他の人たちの顔色を窺うと、全員がマイアと同じような表情をしていた。

「へえ、あんたも貴族のお坊ちゃまだったのかい」

「そうだ！　お前らに取られた指輪に家紋が入ってる！　それを見せればお父様も信じてくれるはずだ」

老婆が反応したのでアイクは一気にまくし立てた。しかしその訴えを老婆は鼻で笑う。

「身代金なんていらないよ。うちの組織は目先の利益に釣られて捕まるような危険は犯さないんだ。そこのお嬢様にも言ったけどね。あんたが本物の貴族なら、その分、依頼主に色を付けてもらうだけさ」

アイクは、ぐっと悔しそうに詰まった。

「貴族の血統ってのはさ、魔力保持者とまでいかなくても魔力器官が大きめの人間が多いらしいよね。依頼主が言うには人体実験の材料としては申し分ないそうだよ。そう簡単に手に入るもんじゃないけどね。祭りの日は全体的に警戒心が緩む。そう当たりをつけたのが正解だったよ」

アイクが攫われた理由はネリーと似ていた。祖父の湯治に付いていきて祝祭に参加したものの、周りを取り囲む大人の使用人が鬱陶しくて、撒いて一人楽しんでいたところを狙われたらしい。

「今回は大豊作だ。特に魔術師を捕まえたことが大きいね。お前は最高の材料だとさ」

「私も人体実験に使うつもりなの……？」

マイアの質問に、老婆は目を三日月の形に細めた。

「そうだろうね。これまでで一番の値を付けてくれたよ」

「魔術師を誘拐してタダで済むと思ってんのか！」

噛み付いたのはアイクだ。

「痕跡を残すようなヘマはしてない。きっとただの失踪で片付けられるよ。仮に騒ぎになったとしても、依頼主がなんとかしてくれるさ。それだけのお力を持つ方だからね」

随分な自信だ。背後にいるのはよっぽどの大物なのだろう。

「うちの領内で貧民窟や下町の子供を誘拐したのはお前たちなの？」

ネリーの質問に老婆は嘲笑を浮かべる。

「そうさ、お嬢様。貧民窟の浮浪児どもは臭かったからね、連れていくのも辟易したよ」

「よくも抜け抜けと……」

「お嬢様もあいつらと同じ運命を辿るんだよ。良かったね」

そして老婆はキヒヒヒヒッと耳障りな笑い声を上げた。

「とりあえず飯と水だ。感謝しな。あたしらは同業の中でもかなり良心的なほうなんだ。先方も健康状態のいい人間を望んでるからね。ちゃあんと食事は差し入れてやるし、アジトに着いたら入浴もさせてやるよ」

言いながら老婆は、手にしていた包みと水筒を鉄格子の隙間から差し入れてきた。

「……ちょっと、お手洗いに行きたくなったらどうすればいいのよ」

ネリーが顔をほのかに赤く染めて尋ねた。

「そこにチャンバーポット《おまる》があるだろ」

老婆が指さした場所には、陶器製と思われる蓋付きの壺が置かれていた。

「これにしろですって……」

屈辱を感じているのだろう。ネリーの体は小刻みに震えている。

「垂れ流しじゃないだけありがたいと思いな！　定期的に回収して綺麗にはしてやるよ」

尊大な態度で言い放つと老婆は去って行った。

◆
◆
◆

老婆に渡された包みの中には、ビスケット状の携帯食が入っていた。

ファリカとネリーが分配して全員に配ってくれたが、馬車酔いのせいで食欲がない。

マイアはため息をつくと、水筒の水を少しだけ貰って唇を濡らすにとどめた。排泄を考えると、水分も極力控えたいところである。

これから自分はどうなるのだろう。

ルカはきっとはぐれたマイアを捜してくれているとは思うけれど、まさか人身売買組織に誘拐されたとは夢にも思わないだろう。

それは他の四人の家の人たちも同じだろうから、外からの助けはまず期待できない。

「なあ魔術師様、人体実験に手を出すような魔術師に売られた場合、具体的にはどんなことをされるんだ？」

「知らないほうが幸せだと思う」

アイクに尋ねられてマイアは言葉を濁した。

過去の摘発事例はいくつか知っているが、そのどれもがろくなものではない。

例えば生肝《いきぎも》を取り出して魔道具の原料にしたとか、魔術薬の試験に使ったとか。

また、隣国では、まだ女性のお腹の中にいる胎児に魔術的処置を加えるという実験を繰り返していた極悪人がいたという噂を聞いたことがある。

「まさかあんたも……」

「しないわよ！　そういうことするのは、よっぽど頭がおかしい人！　研究者には変な人が多いのは事実だけど……」

マイアは答えながら、魔術塔《マギア・トゥルリス》にいたとき、「死んだら解剖させろ」とある魔術研究者に言われたのを思い出した。

「あんたは魔術師としてはどんな仕事をしてたんだよ」

「私は平民の出身だから……普通の魔術師が嫌がる仕事を押し付けられるのよ。毎年の魔蟲《まこ》討伐遠征への帯同とか……」

アイクの質問に回答として思いついたのは、討伐遠征に毎回のように駆り出されている、ジェイル・ルースティンという魔術師の姿だった。彼は下級貴族の出身なので、実力は高いのに家格の高い貴族出身の魔術師にこき使われている。

「なんで魔蟲の討伐遠征が嫌がられる仕事なんだよ。騎士と一緒に行動できるのに」

「魔力保持者は体があまり丈夫じゃないからよ。長時間の移動があって野営もしなければいけない討伐遠征は体の負担になるの」

魔術師にとって軍への帯同任務は一番の貧乏くじらしい。

平民出身のマイアに厄介《やっかい》な患者が回されるのと同じように、遠征に駆り出されるのは、発言力の弱い若手か生まれつきの身分が低い者と決まっているそうだ。

「少し考えればわかるでしょうに……」

ぽつりとネリーがつぶやいた。

「なんだと!?」

アイクとネリーの間にまた不穏な気配が漂い始めた。

マイアはひっそりとため息をつくと、檻の鉄格子にもたれかかった。

◆◆◆

老婆の言っていたアジトに着いたのは、誘拐されてから二日が経過したときだった。

アジトの所在はどこかの街中ではないかと思うのだが、それがどこなのかはわからない。檻が乗せられていた馬車は、移動の間ずっと幌とカーテンで閉ざされていたからだ。

中に人がやって来るのは、飲食物を支給されるときだけだった。

味や質はともかくとして、三食きちんと支給はされたし、馬車の中には暖を取るための毛布もあった。汚物もこまめに処理はしてくれたから、確かに老婆たちは良心的な部類の悪党と言えるかもしれない。

しかし檻の中の二日間が屈辱的な体験だったのは間違いなく、後半のマイアは盥《たらい》を抱えてひたすら吐き気を堪える移動となった。

（ここからもし脱出できたら絶対許さない）

それはマイアだけでなく、全員の共通した気持ちだっただろう。

現実を考えると厳しいのはわかっているが、そこには目を背ける。希望は最後まで捨てたくなかった。

馬車が停まったかと思うと、檻を隠すカーテンが勢いよく開け放たれた。そして視界に入ってきたのは、倉庫を思わせる石造りの空間だった。

建物内は大きな馬車一台が余裕で入る広さと高さがあり、床には大量の木箱や麻袋が積み上げられている。

老婆たちは用意周到で、檻を開ける前に鉄格子から人数分の手枷と足枷を投げ込んできた。

「風呂とまともな食事にありつきたかったらそいつをはめな。全員がはめたことを確認したら出してやる」

いつ見ても実に腹の立つ高圧的な態度である。

「こんなの付けなきゃいけないの……？　やだよ、重いよ……」

ファリカがカーヤに手枷をはめると、カーヤは今にも泣きそうな顔をした。

手枷も足枷も鋼鉄と思われる金属製で、鎖で動作を制限するつくりになっているから結構な重量がある。確かに幼いカーヤにはかなり可哀想だ。

「チビはいいだろ？　足枷まで付けたら動けなくなるぞ」

カーヤを庇う発言をしたのはアイクだった。

ネリーやマイアに対しては生意気な物言いをするアイクだが、年の離れた妹がいるらしくカーヤに対しては結構優しい。馬車の中では両親を恋しがって泣くカーヤをなだめる場面もあったので、エミリオと同じく根は悪い子ではなさそうだ。

孤児院でマイアを執拗に虐《いじ》めてきた男の子との違いは育ちの差だろうか。生活が安定しないと人は他人に優しくできない。それをマイアは痛いほどに知っている。

「……まぁいいだろう。そのちっこいのは手枷だけでいいよ。愚図《ぐず》られても面倒だ」

老婆は舌打ち混じりに吐き捨てた。

カーヤ以外の全員が手枷と足枷をはめると、檻の鉄格子がようやく開け放たれる。

だが、周囲は一味の男たちに取り囲まれているため、とても逃げられる状況ではなかった。

「ついてきな。まずは入浴からだ」

マイアは他の面々と一緒に老婆に従い、その背中を重い足を引き摺りながら追いかけた。手枷に足枷、それに《魔封《マジック・シール》》の首輪まで付けられて、まるで前時代の奴隷になったみたいだ。

老婆が立ち止まったのは、倉庫の床にあった格子状の排水溝の前だった。

手下たちが先に進み出て、金属の棒を手にし、重そうな排水溝の蓋をてこの原理を使ってこじ開ける。すると黒い布が敷かれていて、それを取り払うと下り階段が姿を見せた。

「足元に気をつけながら下りな。転んで怪我なんかするんじゃないよ。値が下がるからね」

そんな忠告をするくらいなら足枷を外してくれればいいのに。

足枷には歩行を妨げない長さに調節された鎖が付いている。歩くのに支障はないが、走るのは難しいという絶妙な長さだ。

マイアたちはアイクを先頭に、鎖に足を引っ掛けないよう気を付けながら慎重に階段を下りていった。

階段を下りた先は、廊下になっていた。

壁の上部には横長の窓があったので、ここは半地下に位置するのかもしれない。窓からは外の光が差し込んでくるが、鉄格子がはめられているので、そこからの脱出は難しそうだった。

「そこの魔術師。リズといったかね。まずは、あんたからにしよう」

老婆は全員を一旦並ばせ、じろじろと見比べてからマイアを指名してきた。

「あんたは今回の目玉商品だからね。それに道中何回か吐いてたろ。ピカピカに磨いてもらいな」

それは事実だが、盥《たらい》が手放せなかったのは閉塞した空間で長時間馬車に揺られたせいだ。幌とカーテンで外界から閉ざされた荷馬車の中は、乗り物に弱いマイアにはかなり辛《つら》い環境だった。

自分の吐いたものの匂いで更に吐き気がこみ上げてくるという悪循環に陥ったので、一緒に檻の中にいた人たちにはひたすら申し訳なかった。

「あんたはあたしに付いといで。他の連中は一旦閉じ込めておきな」

老婆は手下に指示を出すと、マイアに向かって付いてこいと言わんばかりに顎をしゃくった。

◆
◆
◆

老婆に連れていかれたのは、脱衣所らしき小部屋で、中には無愛想な中年の女がいた。

吹き出物ができやすい体質なのか、顔全体の痘痕《あばた》が痛々しくて、マイアはさりげなく目を逸らした。

目鼻立ちは悪くなさそうなのだが、でこぼこの肌が全てを台無しにしている。

「ユライア、仕事だよ。これから五人連れてくるからね。順番に磨いてやっとくれ」

「……へえ、今回は随分と小綺麗なのを連れてきたんですね。手間が省けるからありがたいですけど。貧民窟の浮浪児は何回洗っても汚れが取れないですから」

「その分、浮浪児のときは手当を増やしてやってるだろ？　今回は祭りのどさくさの中で調達したからね。見な。こいつが一番の収穫だ」

老婆はマイアの頭を掴むと中年女――ユライアに顔を見せつけた。

「えっ……魔術師!?」

ユライアはマイアを見てぎょっと目を見張った。

「そうだよ。綺麗な青金《せいきん》の瞳だろう？　魔術師のくせに、あたしらに捕まるっていうのも驚いたけどね。凄い値が付いたから、こいつが売れたら皆には特別手当を出すつもりさ」

老婆はニタリと邪悪な笑みを浮かべた。

外側に向かって青から金色に変化する魔力保持者特有の瞳は、自分でも神秘的で綺麗だと思う。だけど悪党どもに褒められても全く嬉しくない。むしろ魔力保持者であることがマイアの価値を上げ、この連中に大量の金貨が渡ると思うと怒りすら覚えた。

「マム、大丈夫なんですか？　魔術師なんでしょう？　反撃されませんか？」

ユライアはどこか不安そうだった。

「大丈夫だろ。『閣下』が魔力を使えなくする魔道具を送ってくださったからね。この首輪がそれだ。念のため魔術筆《クイル》も取り上げて壊してやったから何もできやしないよ。魔力が使えない魔術師は普通の人間よりひ弱だ」

「確かに体つきは貧相ですね」

ユライアの視線はマイアの胸元に向いている。

思わずむっとすると、失礼なことに鼻で笑われた。

「良かったね、あんた。売却先が魔術師で。娼館だったら買いたたかれてるよ」

「いや、そうでもないだろ。肌や髪は極上品だし、この瞳だからね。体の凹凸には乏しいが、そういうのが好きだっていう奴もいる。何より魔力保持者を好きにできるなんて、そうそうないからね。裏の娼館に売れば、かなりの高値が付きそうだ」

ユライアの嘲笑に老婆は反論しつつ下品に嗤《わら》った。するとユライアはすかさず同意する。

「確かに言われてみればそうですね」

二人のやり取りを聞いていると、怒りと悔しさで頭がくらくらしてきた。

「じゃあ後は任せたから、磨き終わったらあたしの部屋に連れてくるように」

「わかりました、マム」

老婆はユライアの返事を聞くと、マイアを一瞥してニヤリと笑ってから脱衣所を出て行った。

◆
◆
◆

「逃げようなんて考えないで。外には見張りがいる。下手な真似すると痛い目に遭わされるよ」

ユライアはそう言いながらマイアの服に手をかけた。衣服を脱がすときだけ手足の枷が外され、服を剥かれた後は再び枷をはめられる。

「私の服はどうするつもり……？」

「仮装衣装のまま先方に売る訳にはいかないからね。女神の衣装はこっちで処分するけど、下に着てた服は一旦洗濯して明日には返してやるよ。暖炉の前に干しときゃ今の季節でも乾くだろ。貧民窟の浮浪児の場合はこっちで用意した服を着せるけど、あんたの服は質がいいからそのまま使う。無駄遣いするとマムがうるさいんでね」

女神の仮装衣装の下に着込んでいたのは、マイアが魔術布に替えた服である。返してもらえると聞いてホッとした。労力をかけて魔術布にしたものを取られたくないという気持ち以上に、奪い取られて布の性質に気付かれたらきっと大変なことになると思ったからだ。

ユライアに追い立てられるようにして足を踏み入れた浴室は、温泉水を利用しているのか微かに硫黄の香りがした。内部はゲイルの家にあった浴室と遜色ないくらいに広々としている。

「どうしてこんなに立派なお風呂があるの……！」

思わずつぶやくと、ユライアが、ふっと笑った。

「それは貴族や金持ち相手の商売をしてるからだね。あんまり不潔なのを持ってくと値切られるんだ。だから顧客の要望と用途に応じて、ここで『加工』して『出荷』する」

「加工……？」

「そう。愛玩用なら最低限の礼儀を叩き込むし、相手の要望に沿った調教をする。あんたらの場合はヤバい魔術師が人体実験の材料に使うって話だから、出荷前に綺麗にするだけだ」

どっちがマシだろうね、とユライアはつぶやいた。思わずムッとすると、こちらを小馬鹿にしたような顔を向けてきた。ものすごく腹の立つ表情である。

苛立《いらだ》つマイアをよそに、ユライアは手にした麻布に石鹸を付けて軽く泡立てると、こちらに近付いてきた。

「いたっ！　ちょっと、もう少し優しくしてよ」

容赦のない力で体をこすられ、マイアは思わず悲鳴を上げる。

魔力器官が急発達してからのお嬢様生活で、人の介助を受けて入浴するのには慣れているが、こんなに乱暴な扱いを受けるのは初めてだ。

「嫌よ。だってあんた、私の顔を見て醜いと思ったでしょ」

ユライアは痘痕《あばた》だらけの顔に意地の悪そうな笑みを浮かべた。

「そんなこと……」

「否定してもだめだよ。だってあんた、さっき私の顔から目を逸らしたもの」

それは肌が痛々しかったからだ。しかしそんなマイアの態度が彼女を傷付けていたかと思うと反論できなかった。

「図星なんだろ？　私だってこんな自分の顔は好きじゃないから、今更傷付いたりなんかしないけどね」

ユライアは吐き捨てるとフンと鼻を鳴らした。

「全部痘瘡《とうそう》が悪いんだ。あんたみたいな特権階級の人間にはピンと来ないだろうけどね」

痘瘡《とうそう》は庶民にとっては『命定めの器量定め』と呼ばれている流行病だ。

発症から四日以内に特殊な魔術薬を投与すれば重症化が防げるため、富裕層にはなんてことのない病気なのだが、その薬は非常に高価だ。これは、薬学に精通した魔術師にしか調合ができないためである。

適切な治療を早期に受けなかった場合、全身に豆粒状の発疹ができ、やがて化膿してじゅくじゅくになる。この時点で体力のない者は亡くなり、幸運にも生き延びたとしても全身に醜い痘痕《あばた》が残る。

命が助かっても容色を大きく損なうことになるので、痘瘡《とうそう》は庶民の、特に女性には酷く畏《おそ》れられる病気だった。発疹が化膿する前に治癒魔法を受けられたら痘痕《あばた》は残らないが、聖女の治療は庶民にとっては魔術薬以上に手が届かない。

「私がこんなところに流れ着いたのは、この痘痕《あばた》のせいだよ。こんな醜い女はいらないって言われて夫に追い出されてね……一旦は娼館に身を売ったけど、そこでの扱いは酷いもんだった。この顔だからね」

ユライアはフンと鼻息を鳴らした。

「昔は運命を呪ったけど今はそうでもないよ。色々あってここに流れ着いたおかげだ。私を拾ってくれたマムには感謝してる。だってあんたみたいに若くて肌の綺麗な子が転落するのを特等席で見物できるからね」

そう言ってユライアは心の底から楽しそうに笑った。

マイアは彼女に触れられた部分がどす黒く汚れるような気がした。

命は平等ではない。聖女になってからのマイアはずっと思い知らされてきた。だからこんな風に感じるのは間違っている。そう思うのに。

◆◆◆

ユライアの手つきは荒々しく乱暴だったが体を綺麗にできたこと自体はありがたかった。

マイアには毎日入浴する習慣があったし、入浴ができない遠征中や旅の間でも、魔術で常に体は清潔な状態を保っていたから、寒い時期とはいえ一日でも何もできないと体中が気持ち悪かったのだ。

（後はなんとか逃げられたら……）

希望は捨てない。最後まで諦めては駄目。マイアは心の中で自分に言い聞かせる。

まだ気持ちが折れずにいられるのはきっとネリーやアイクのおかげだ。虚勢を張っているだけかもしれないが、年下の二人がまだ諦めていないのだ。マイアも諦める訳にはいかないと思った。

渡された着替えはシンプルなナイトウェアに分厚いウールのガウンだった。濡れた髪で体を冷やさないよう頭にはリネンを巻き付けられる。

手枷と足枷を外してもらえたのは、また着替える間だけだった。無骨な金属が肌とこすれて赤くなってひりひりする。怪我がすぐ治るマイアですらこの状態なのだ。他の四人のことを思うと心配だった。

身支度が終わると、ユライアはマイアを浴室から放り出した。

外には見張りらしき中年の男と女が待機しており、マイアに話しかけてきた。

「こっちだ」

そいつらに連れていかれたのは綺麗に整えられた一室だった。石造りの壁がむき出しになった廊下との格差にマイアは目を見張る。

階段を昇り降りした記憶はないし、手が届かない位置に横長の窓があるところを見ると、ここも恐らく半地下だ。

しかし、その部屋は、白い壁紙が貼られ床も板張りになっていて、まるでどこかの民家の一室のように整えられていた。

ベッド、ソファ、戸棚などの調度類も揃っているし、床には毛足の長い絨毯が、壁には絵画が飾られている。ソファの傍には火鉢が置かれていて、気密性が高いのか室内は廊下とは段違いの暖かさだった。

「よく来たね。こっちに座って髪を乾かしな。今日のところはお前にはあたしの部屋で過ごしてもらうよ。ひ弱な魔術師様に風邪を引かれたら困るからね」

声をかけてきたのは老婆だった。彼女は火鉢の傍の席に腰掛け、優雅にお茶を飲んでいた。

「……この部屋で、とはどういう意味ですか」

マイアは警戒しながら尋ねた。すると老婆は鼻で笑う。

「どうもこうもないよ。このアジトで一番いい部屋で寝かせてやるって言ってんのさ。あんたは金の卵を産む雌鶏《めんどり》だからね」

老婆の上機嫌な様子を見ると、マイアには相当な値が付いたようだ。

「あんたの健康を損なう訳にはいかないんだよ。だから特別扱いさ。感謝するんだね」

「……どうしてそこまで私の体調に拘るの？」

「あんたに限った話じゃないけどね。それが高額買取の条件だからさ。人体実験の材料に使うには、魔力と生命力が十分に満ちた状態の人間じゃないとだめなんだと。だからわざわざここまで世話してやってんだよ」

なるほど。だから三食差し入れられて、衛生状態にも気遣われてここまで運ばれてきたらしい。

「他の皆は今どこにいるの？」

「他の連中は商品を出荷まで保管しておく部屋で過ごしてるよ。もちろん丁重に扱ってるさ。あいつらも大事な商品だからね。ただ、保管部屋はちょっとばかし寒いんだ。そんな所に見るからに虚弱なあんたをぶち込むのは可哀想だと思ってね」

マイアには聖女としての高い自己回復力がある。少々の怪我なら翌日には治るし、肌や髪は手入れを怠ったとしてもまず荒れない。更に病気にもかかりにくいので、人より小柄で筋力も体力もない体だが、実際はかなり頑丈にできている。

寒い部屋に閉じ込められているネリー達のことを考えると後ろめたかったが、ここは黙っておくしかない。普通の魔術師は聖女よりずっと虚弱だ。

「一応断っておくけど、あたしに危害を加えようなんて考えるんじゃないよ。もし変な真似したらあいつらに連帯責任を取らせるからね。ここで寝かせてやるのはあたしの好意だ。それを無駄にしたら承知しない」

老婆はそう言い放つとふんぞり返った。

この腹の立つ老婆の監視下で過ごすのと寒い牢獄、一体どちらがマシなのだろうか。マイアは眉をひそめるとため息をついた。

◆　◆　◆

翌日の早朝、人身売買組織の連中は再びマイアを荷馬車の中へと連行した。檻の積み込まれたあの荷馬車だ。すると、既に中には見慣れた顔ぶれが押し込められていた。

「お姉様！　ご無事だったんですね！」

真っ先に話しかけてきたのはネリーだ。

いつの間にやらネリーはマイアを『お姉様』と呼ぶようになった。これはうっかり本名で呼びかけないようにするための彼女なりの自衛策らしい。

「いいよな、魔術師様は。聞いたぞ。僕たちよりずっと高値で売れるから、特別扱いを受けてたんだってな」

「アイク！　そんな言い方はないでしょう！」

可愛くない突っかかり方をしてくるアイクと、それをたしなめるネリーの応酬を聞くと何故かほっとした。

全員仮装衣装から普通の服へと変わっている。その辺りを歩いている町の人間のような服装だ。

それはもちろんマイアも同じで、返してもらった魔術布の服の上から、一味に渡された上着や外套を着込んでいた。防寒具は全員に与えられている。これは風邪を引かせないために違いない。

全員忌々しい手枷と足枷からも解放されていた。それは純粋に嬉しいが、枷をはめられていた場所はこすれて赤くなっていた。マイアだけまだ《魔封《マジック・シール》》の首輪がはめられている。こんな状態でも聖女の持つ自己回復力は働いているらしく、魔力が目減りする感覚があった。

「特別扱いって言っても、ずっとあのお婆さんに監視されてたから皆と一緒のほうが良かったよ」

そうマイアがつぶやくと、その場にいた全員から気の毒そうな眼差しを向けられた。

「……リズさんごめん。むしゃくしゃしてたから八つ当たりした」

素直に謝るのはアイクのいいところではある。

「大丈夫でしたか？　酷いことを言われたりされたりしませんでしたか？」

「お気遣いありがとうございます、ファリカさん。待遇は悪くありませんでしたから大丈夫です」

不安そうに尋ねてきたファリカにマイアは微笑んだ。

これは事実だ。夜も朝もちゃんと調理された温かい食事が出てきたし、老婆の部屋のベッドは綿入りで寝心地も悪くなかった。老婆はソファで眠っていたが、やはり魔術師だからと言う理由で気遣われたのだろう。

寝るまでの間の暇つぶしには粗悪な藁紙で作られた娯楽本が与えられた。状況が状況だからちっとも頭に入らずただ字を追うだけのマイアの前で、老婆は帳面と睨めっこしながら算盤《アバカス》を弾いていた。

やがて夜が更けると、マイアは老婆によって強制的にベッドに押し込められたが、明かりが消されると疲れた体はあっさりと深い眠りに入った。思い返すと自分はかなり図太くできている。それを実感しマイアは苦笑いを浮かべた。

二章　襲撃

馬車の中は手持ち無沙汰だ。孤児院時代に習得した手品のやり方をカーヤに教えていたら、横でじっと見ていたファリカが話しかけてきた。

「今回は結構持ちますね」

なんのことかわからずマイアは首を傾げる。

「馬車酔いです。まだ気持ち悪くなってないですよね」

言われてみればその通りだ。

「酔い止めの薬を貰ったからかもしれません」

「リズには至れり尽くせりだな」

面白くなさそうにつぶやいたのは、隅にいたアイクである。

「風邪を引かせない為って言ってたわ。健康を損なえば体の中の魔力にも生命力にも影響するもの。それだと売る上で不都合なんだって。アイクたちにしても危害は加えられていないでしょう？」

マイアの発言にネリーも同調した。

「……確かに私たちの扱いは誘拐されたにしてはマシなほうですよね。理由を考えると腹が立ちますが」

「一体僕たちをどうするつもりなんだ……」

アイクのつぶやきに答える者はいなかった。檻の中の空気が一気に重くなる。

そのときだった。突如、馬車が大きく揺れた。

続いて「うわあああ」という野太い悲鳴と馬の嘶《いなな》きが外から聞こえた。そして「蟷螂《かまきり》だ！」という怒声も。

馬車が再び右に左にと大きく揺れる。マイアは反射的に目の前にいたカーヤを抱き寄せた。

「うろたえるんじゃないよ！　落ち着いて一旦退避するんだ！」

外から老婆の怒声が聞こえた。

「あ……がっ……、ぐああああっ……！」

再び悲鳴が上がった。

かと思うと、ぼきっ、ごきっ、という鈍い音が聞こえてくる。

檻の中では誰もが固唾《かたず》を呑んで動かない。

「な、何が起こったんでしょうか……？」

ファリカの質問に答える者は誰もいなかった。

「魔蟲が出た……とか。まさかね……」

ややあってぽつりとアイクがつぶやいた。その声は震えている。

次の瞬間だった。

バキバキという何かが壊れる音がして、馬車の幌が骨組みごとむしり取られた。

そして、破れた幌の隙間からそいつが顔を覗かせる。

「あ……」

誰もがきっと想像していた。魔蟲だと。予想通りだった。

振り上げられた鎌のような形状の前脚に、特徴的な逆三角形の頭――蟷螂型の魔蟲だ。それもかなり大きい。馬と体格がほとんど変わらない。

そいつの鎌も顎も赤く染まっており、辺りには鉄が錆びたような匂いが立ち込めていた。そして、その体の向こう側には――。

「いやあああああ！」

マイアと同じモノに気付いたのだろう。劈《つんざ》くような高い悲鳴が至近距離から聞こえた。

ネリーだろうか、それともファリカだろうか。声の主を確認する余裕はなかった。

マイアは残虐な光景を見せないよう、腕の中のカーヤの頭を胸の中に抱え込んだ。


目の前の蟷螂は、体格からすると、共食いが極まった結果ホットスポットを出てきた魔蟲ではなさそうだった。

こいつは恐らく『はぐれ魔蟲』だ。『はぐれ魔蟲』というのは、ふらりとホットスポットからさまよい出る、ごく稀に現れる迷惑な個体を指す言葉である。

魔蟲の向こう側には、そいつに捕食されたと思われる肉塊が散らばっていた。

直前まで馬、そして人だったものだ。無惨な光景と。辺りに立ち込める血の匂いに吐き気がした。

蟷螂型は魔蟲の中でもトップクラスの攻撃力を誇る。元々自分より大きな蛇や小動物を捕食する虫が変異した存在なのだ。その恐ろしさは推して知るべしである。

蟷螂の狩り方は猫科の肉食獣に似ているらしい。じっと物陰に身を潜めて待ち伏せし、獲物を狙い定めたら一気に飛翔して捕獲する。

また、蟷螂は生き餌にしか興味を示さない。そのため蟷螂に捕らわれた餌は、生きながら喰われるというのだから残酷だ。

奴の複眼が檻の中のマイアたちを捕捉した。

かと思うと、前脚を思い切りこちらに向かって振り下ろしてくる。マイアは思わず目を瞑《つむ》った。

「キャ――――ッ!!」

絶叫が辺りに響き渡った。続いてガキンという大きな金属音が。

覚悟していた痛みはない。恐る恐る目を開けると、檻の鉄格子が魔蟲の攻撃を阻んでいた。

魔蟲の顎が動き、ギチギチと耳障りな音を立てた。まるで怒っているみたいだ。

再び前脚が振り上げられた。金属音と同時に鉄格子と鎌の間に火花が散る。

ミシミシと嫌な音がして、荷台が大きく左右に揺れた。

皮肉なことに、マイアたちを監禁する忌々しい檻が全員の命を守っていた。しかし、魔蟲の鎌が当たる度にその鉄格子は歪んでいく。それを魔蟲も察しているのか、二度、三度と執拗に攻撃を加えてきた。

「怖いよ、お姉ちゃん……」

カーヤは腕の中でひっくひっくとしゃくりあげた。

マイアも怖い。腕の中のぬくもりをきつく抱きしめる。

一見するとカーヤを守っているように見えるかもしれないが、その実彼女のぬくもりに縋っているのはマイアのほうだ。

このサイズの魔蟲に不意打ちを食らったら、訓練された軍人の一個小隊だったとしても間違いなく何人かの死人を出す。そして犠牲者の遺体が捕食されている隙を狙い、魔蟲を弱らせる魔術薬や飛び道具などを駆使して討伐することになるだろう。

逃げた人身売買組織の一味にそれができるとは思えない。

マイアは覚悟を決めるとぎゅっと目を瞑《つむ》った。


――何故か唐突に檻を攻撃する音がやんだ。そして一拍置いて、ばさりという音が聞こえた。

何事だろうと思い目を開けると、何故か飛び去って行く蟷螂型魔蟲の後ろ姿が視界に入ってきた。

先程の音は翅音《はおと》だったらしい。

状況がわからず呆然とその後ろ姿を見守っていると、頬にぽつりと水滴が当たった。

雨だ。上空を見上げると、いつの間にやら黒い雲がかかっていた。

ぱらぱらと落ちてくる水滴は、戸惑っている間にも強くなり、夕立のようにざあっと降り始めた。

多くの虫が雨を苦手としているように魔蟲も雨を嫌う。奴らの感覚器官は鋭敏だから、天候が崩れる気配を察して逃げて行ったのかもしれない。

「お姉様、こちらへ。体が濡れて冷えてしまいます」

ネリーがマイアの手を引いて、まだ幌の布が残っていて雨を凌げる場所を指さした。

魔蟲によって引き裂かれた幌からは、外の冷気が容赦なく入り込んでくる。

助かったのだと実感すると、急に肌寒さを覚えた。

◆◆◆

行商人や近くの町や村の人が通りかかって、ここから助けてくれればいい。

残念ながらそんな淡い期待は叶わなかった。誰よりも先にマイアたちのところにやって来たのは、人身売買組織の連中だった。

奴らは最初に襲われた仲間と馬を見捨てて逃げ出したくせに、天候が崩れたので様子を見に戻ってきたようだ。

魔蟲が雨を嫌うのは有名だ。虫の性質を色濃く残しているので、彼らは寒さと水を苦手としている。

「こんな季節にはぐれ魔蟲と出くわすなんてとんだ不運だと思ったけど、あんたらが無事で良かったよ。あたしらの運もまだまだ捨てたもんじゃないね」

こちらに戻ってくるやいなやニタリと笑った老婆の姿に、檻の中の全員が渋い顔をした。

老婆は手下に指示を出し、再出発のために隊列を立て直した。破れた幌も簡単に修繕され、檻の中は再び布に閉ざされる。

「食い殺されたのがあの婆さんだったら良かったのに」

アイクがぼそりとつぶやいたのは、馬車が再び動き出したときである。

不謹慎にも思える言葉だが誰も咎めなかった。

三章　禁忌の魔術

「これが今回の商品か」

外からそんな声が聞こえてきて、マイアは、はっと我に返った。

いつの間にやら意識が飛んでいた。きっと魔蟲の襲撃を受けたときの恐怖で精神的に疲れていたのだろう。

周囲を見回すと、皆似たり寄ったりの状態で、ただ一人アイクだけが険しい表情で馬車の外を睨みつけていた。

アイクの視線の先を追うと、荷馬車を隠す布が取り払われており、そこから二人の人物が檻の中を覗き込んでいた。一人は一味のリーダー格の老婆で、もう一人は白金の髪の男だった。

男の瞳の色は青金だったので、こいつがマイアを買おうとしている魔術師貴族だとすぐにわかった。

年齢は四〇代半ばくらいだろうか。その怜悧かつ端正な容貌には見覚えがあった。首都のヒースクリフ城内で見かけた記憶がある。

王城への出入りを自由に許されているということは、恐らく伯爵位以上の世襲貴族だ。しかし直接言葉を交わした記憶はないので、どこの誰なのかまではわからない。

「お前は……」

男の視線がマイアをとらえた。そして驚きに目が見開かれる。

正体がバレた。反射的に察してマイアの背筋がぞくりと冷えた。

上流階級の間でマイアは名前も顔も知られている。たった一八人しか認定されていない聖女のうちの一人であり、フライア王妃に次ぐ魔力から次席聖女と呼ばれていたのだから。

「お知り合いですか？　同じ魔術師同士でいらっしゃいますもんねぇ」

マイアと男の様子を見比べて、老婆は媚《こ》びた声を出した。こちらに接するときとは正反対の丁重な態度である。

「ああ、彼女は有名人だからね。平民出身なんだが、とても優秀な魔術師なんだ」

男は聖女とは言わなかった。老婆たちに知られたくないのかもしれない。聖女は魔術師よりもずっと希少価値が高いから、発覚したらきっと揉める。

「いかがですか？　ご満足頂けましたか？」

「ああ。他の商品も今回はかなり状態がいいようだ。全員買い取ろう。代金には色を付けておくから、いつも通り家令《ハウススチュワード》から受け取るように」

男は尊大な態度でそう告げると、背後に目で合図した。

その仕草で気付いたが、男の背後には、揃いの制服を着た兵士らしい屈強な男が何人もいた。恐らくこの魔術師貴族が召し抱《かか》えている私兵だ。

「その魔術師は地下へ、他の者はいつもの部屋へ連れて行け」

魔術師貴族は私兵に命じると、値踏みするような視線をマイアに向けてきた。またマイア一人だけ特別扱いを受けるらしい。

老婆によって檻の鍵が開けられる。そして檻の中に侵入してきた私兵によって、マイアは強引に引き出された。

◆◆◆

どこぞの貴族の城かカントリーハウスか――。そこは、そんな印象が漂う重厚な煉瓦《れんが》造りの建物だった。

地下に連行される途中、ちらりと見えた外の風景から読み取れたのは、ここが山の近くのどこかということくらいだ。

窓の外に見えるあの白い山々はなんだろう。リーデル山地か水晶連峰《クリスタルム・アルプ》か……。パッと思い浮かぶ国内の山岳地帯はその二つだ。

廊下は氷室の中のように冷え切っていた。与えられた外套を着込んでいるにもかかわらず、あまりにも寒いので、マイアはぶるりと身を震わせた。

前後左右は兵士で固められており、とても逃げ出せる状況ではない。不安を覚えつつも大人しく従うより他なかった。

長い階段を下りて連れていかれたのは、重厚な金属製の扉の前だった。扉の左右には門番らしき兵士が二人立っている。

後方にいた魔術師貴族が前に進み出た。彼が手を差し伸べると、扉に魔術式が浮かび上がる。

どうやら魔術による鍵がかかっていたようで、貴族が手の平から魔力を放出すると、魔術式が消滅した。するとすかざす左右に控えていた門番が移動して、二人がかりで扉を開く。

扉の向こう側に広がっていたのは、広々とした空間だった。

魔道具の照明があちこちに設置されていて、室内は地下であることを感じさせないくらいに明るい。

壁と天井は白く、床は板張りになっていた。特筆すべきはその床一面に、金色の染料で円形に魔術式が書き込まれていることだ。

（なんなの、これ……）

マイアはその魔術式の規模に目を奪われる。

一〇メートル四方はあるだろうか。ちょっとした舞踏会が開催できそうな小広間いっぱいに書かれた魔術式は、どう見ても大規模な儀式魔術のためのものだ。

魔術式は淡く発光しており、室内には膨大な魔力が渦巻いていた。

その外側、地下室の入り口近くには祭壇のようなものがあり、魔力の流れからすると、その『祭壇』がこの儀式魔術の制御を担っているように見えた。

「来なさい。ただし妙な真似はしないことだ。あなたが変な真似をすれば、一緒に連れてこられた人間の中から一人ずつ見せしめに痛めつける」

なんて卑劣な人間なんだろう。人を人とも思わない発言に反吐《へど》が出る。

マイアは男を睨みつけながらも『祭壇』へと向かった。

至近距離には魔術師貴族がいるし、地下室の入り口には兵士が控えているので、たとえ人質を取られていなくても何もできない。

この体の中の無駄に多い治癒の魔力を、全部攻撃魔術に変換できればいいのに。聖女ではなく普通の魔術師だったら。そして首輪で魔力が封じられていなければ。あまりの悔しさに、無意味な仮定を考えてしまう。

『祭壇』の中央には大きな月晶石が埋め込まれており、その周囲にもびっしりと魔術式が書き込まれていた。

「間抜けな魔術師が捕まったと聞いたからどこの誰かと思ったら……まさかあなただったとは。次席聖女、マイア・モーランド殿」

貴族が話しかけてきた。やはり正体に気付かれていた。

「あなたは娘が排除したと聞いたが、まさか生きていたとはね」

「娘……？」

マイアはしげしげと男の顔を観察した。

そして端正に整った容貌と、髪と瞳の色の取り合わせから、ある人物を連想する。

まさか――。

「ティアラ・トリンガム……？」

確か彼女も目の前のこいつと同じ、白金の髪と青金の瞳の持ち主だった。そして男とティアラの目鼻立ちにも共通点がある。

「当家の人間を呼び捨てにするとは噂通り作法がなっていないな。レディ・ティアラ、もしくはトリンガム侯爵令嬢と呼ぶのが礼儀では？」

「……あの人を娘と呼ぶということは、あなたはまさか、トリンガム侯爵……？」

「侯爵位を持つ者に対して話しかけるときは敬称を付けなさい。私は寛大だから許してあげるけどね」

小馬鹿にした目を向けられて、マイアは腹立たしさに唇を噛んだ。

「ただ、君の推測は当たっている。いかにも、私はオード・トリンガム。ティアラの父でトリンガム侯爵家の現当主だ」

貴族はあっさりと認めると名乗りを上げた。

やはり彼はトリンガム侯爵だった。

正体を知った上で観察すると、ティアラとそっくりだし、彼が優秀な魔術師であることも有名だ。

「大変失礼いたしました。トリンガム侯爵閣下」

マイアは心の内の怒りを必死に抑えてへりくだった。

本当は犯罪者に払う礼儀なんてないと言ってやりたい。しかし今こいつの機嫌を損ねるのはまずい。

「一応自分の立場はわきまえているようだ」

トリンガム侯爵は鷹揚《おうよう》に微笑むと、満足気に目を細めた。

「物わかりのいいマイア殿には率直にお願いしたほうが良さそうだ。見ての通り、ここには大掛かりな儀式魔術のための魔術式が敷かれている。実はこの魔術の発動と維持管理には、人の血液が媒体として必要でね」

トリンガム侯爵はここで言葉を切った。マイアの心臓が嫌な音を立てる。血液とは一体どういう意味なんだろう。まさかマイアの肌を傷付けるつもりだろうか。

「そんなに警戒しなくてもいい。これは魔術の制御装置なんだが、ほら、ここに大きな月晶石があるだろう？」

侯爵が指さしたのは、『祭壇』の中央に埋め込まれた月晶石だ。

「これにただ触れてくれるだけでいい。この制御装置には月晶石に触れた者の血液を、皮膚を傷付けずに吸い上げる術式が組み込まれている。希少な聖女の血液がこの儀式魔術にどういう作用をもたらすのか……実に興味深いとは思わないか」

全く興味なんてないし嫌に決まっている。

「……拒否権は」

「あなたが拒めば他の者を身代わりにするだけだ。普通の人間は脆《もろ》い。ほんの一〇分もこの石に触れれば体中の血液を吸い上げられて失血死するだろうね」

「……私たちは、この儀式魔術を発動させるための生贄として買われたということですか……？」

「その通りだが安心しなさい。希少な聖女であるマイア殿を、たった数度で使い潰すような真似はしない。理論上聖女の血液は、最も効率的にこの儀式魔術を発動させる媒体になるはずなんだ。だから限界が来る前に引き離して差し上げるよ。あなたには高い自己回復力があるだろう？　その能力を活かして末永くご協力頂きたい」

どこか昏《くら》い笑みを向けられて、ぞくりとした。この男は、マイアをこの儀式魔術の血液供給装置として使うつもりだ。

「この儀式魔術はなんなんですか……？」

震える声で尋ねるとトリンガム侯爵は目を細めた。

「答えるまでもなく気付いているのでは？　あなたはティアラを見たのだろう？」

――ティアラ・トリンガム。突如現れた異様な回復能力を持つ聖女。

失われた四肢を、感覚器官を再生する能力を示した者は、これまで彼女以外にたった一人、伝説の大聖女、エマリア・ルーシェンだけだ。

ルカに森で助けられたときの会話が、天啓のように脳裏をよぎった。

『ティアラ様はおかしいです。欠損の再生ができるなんて普通じゃない。俺もこの稼業長いんで、色々な聖女様を見る機会がありましたが、あそこまでの治癒能力を持つ人の話は聞いたことがない』

『伝説の大聖女エマリア様がいるじゃない』

『それはそうなんですけど……』

思えばあのときのルカの様子はおかしかった。エマリア・ルーシェンは、隣国で生まれた不世出《ふせいしゅつ》の大聖女のはずなのに。

「……伝説の大聖女の欠損を癒す治癒能力は、この儀式魔術がもたらしたものだった……？」

疑問形のつぶやきに、トリンガム侯爵は肯定も否定もせず、ただ口角を上げた。

……おかしいと思っていたのだ。魔力器官の発達が一〇代になってから起こる例は、ありえなくはないが珍しい。

それが同時代に二人、それも同じ希少な聖女に起こるなんて、天文学的な確率と言っていい。

人の血を、それも死に至らしめるほどの量を媒体として要求する魔術は禁忌だ。禁術指定を受け、闇に葬られるべき性質のものである。

血液は生命の源だ。その中には生命力と魔力の両方が含まれていると考えられている。

『実験には魔力と生命力の両方が必要だと聞きました』

『人体実験の材料に使うには、魔力と生命力が十分に満ちた状態の人間じゃないとだめなんだと』

ネリーの、そして人身売買組織の老婆の発言がマイアの脳裏をよぎった。

「血液を必要とするのは、血中に含まれる生命力と魔力を治癒魔力に変換するため……ですか……？」

「なかなか察しがいい。その通りだよ。特に子供の血液の変換効率が良くてね。子供は傷の治りが早いから、そのあたりが影響しているのかもしれない」

「だからってよくもこんな酷いことを……こんな汚《けが》らわしい魔術に手を染めるなんて」

「そうだね。私もそう思うよ。この魔術を作り出したエマリア・ルーシェンは大聖女などではない。魔女であり大罪人だ。この魔術は隣国では禁術指定を受けている」

「なんでそんな人が大聖女だなんて呼ばれているの……」

マイアの疑問にトリンガム侯爵は目を細めた。

「アストラが真実を隠蔽したからに決まっている。エマリアはイルダーナとプレセア、隣接する両隣の国から、相当な数の人間を攫って魔術の媒体とした。そんな事実が明るみに出れば大きな外交問題になる。……もっとも、私もエマリアの手記を手に入れて初めて知ったことだが」

「一体どういう経緯でそんな代物を……」

「詮索に答える義務はない。雑談に付き合うのもここまでだ。さあ、血を制御装置に捧げなさい。マイア殿の血液の効果が私の予測通りなら、他に捕らえている者たちの寿命が伸びる」

卑劣な物言いに腹が立ったが、一緒に攫われてきたネリーたちのことを思うと拒否もできない。

マイアは心の中の負の感情をおさめるため、大きく深呼吸してから制御装置の前に立った。

「血を提供する前に一つだけ教えてください。どうしてこんな禁術に手を染められたのですか？」

「親だからだよ。親とは娘のためにならなんでもできるものだ。それがたとえ他人を踏みにじる行為であっても」

そう告げるトリンガム侯爵の顔には笑みが浮かんでいた。その青金の瞳の中に奇妙な熱が宿っているのを感じ、マイアの背筋が冷える。

「元々治癒性質を持つ聖女の魔力は、一体どれほどの変換効率を示すのか……」

しびれを切らしたのか、トリンガム侯爵の手がマイアの右手首に伸びてきた。そして強引にマイアの手を制御装置の月晶石に触れさせる。

その途端、体の中に異質な魔力が入り込んできた。

「ひっ……」

皮膚の下をミミズが這い回るようなおぞましい感覚に、マイアは思わず悲鳴を上げる。

体内に侵入してきた魔力は、マイアの全身を侵食すると、今度はずるりと何かを抜き出すような動きを始めた。

体の中の熱が魔力ごと手の平から吸い出され、全身が粟立つ。そしてマイアが触れている制御装置の月晶石が深紅に染まった。と、同時に、室内の魔術式が発する金色の光がより強くなる。

「これは……」

トリンガム侯爵は目を見張った。そして口元に深い笑みを浮かべる。

「予想以上だ！　聖女の魔力はなんて素晴らしい……」

全身を襲う気持ち悪さに手を離したかったが、トリンガム侯爵の腕の力が強くて動かせない。

「いや……」

生理的な涙がこぼれ、視界が滲んだ。

「もう少し我慢しなさい。平民の子供でももう少し耐える」

（なんて勝手な……）

マイアは残された力を振り絞るとトリンガム侯爵の顔を睨みつけた。

◆　◆　◆

少し時は遡《さかのぼ》る。

ネリーは他の三人と一緒くたに一室に閉じ込められ、憤慨を隠せなかった。

「ファリカさんとカーヤと同じ部屋なのは構わないわ。同じ女同士ですもの。何故あなたも一緒なのかしら」

ネリーの視線が向かうのはアイクだ。

「不本意なのはこっちも一緒だ。女に囲まれて僕が喜んでるとでも思ったのか！」

アイクはすかさず言い返してきた。その顔はほのかに赤くなっている。

「もしかして恥ずかしいの？」

「当たり前だろ⁉　お前は僕をなんだと思ってるんだ」

アイクがもう少し年上だったら鼻の下を伸ばして喜んだのかもしれない。しかし彼はネリーよりも二つ下の一一歳だ。女性を意識し始める年頃ではあるが、恥じらいが勝つのだろう。

ネリーたちが閉じ込められた場所は、人身売買組織のアジトに似ていて、半地下に位置しており、随分と高い位置に横長の窓がある部屋だった。

半地下だと断定できるのは、アイクが窓までよじ登り、外を確認してくれたからだ。従弟《いとこ》と同じでこれくらいの年頃の男の子は活発である。

窓の形状を除けば一見すると普通の部屋だ。室内には人数分の清潔な寝具があり、最低限の調度類も備え付けられていた。

暖炉の類《たぐい》はなく少し肌寒いが、ベッドの上に置かれていた毛布を被り、身を寄せ合えばどうにか耐えられる室温である。

ネリーたちを購入した魔術師貴族は随分とこちらの健康状態にこだわっていたから、これはきっと風邪を引かせないための配慮なのだろう。

「リズお姉ちゃん、大丈夫かな……？」

ファリカに縋るようにしがみついていたカーヤがぽつりとつぶやいた。

途端に室内の空気が重くなる。

あの魔術師貴族に酷い目に遭わされているかもしれないと思うと、はらわたが煮えくり返った。

「あの野郎……一体どこのどいつなのよ」

ネリーは侍女仕込みの下町言葉でつぶやいた。すると意外なところから答えが返ってくる。

「トリンガム侯爵だ」

返事をしたのはアイクだった。ネリーは目を丸くする。

「なんでそんなことがわかるのよ」

貴族の子供は基本的には限られた箱庭のような世界で過ごすものだ。成長するにしたがって、親戚や両親と親しい貴族たちと交流し、礼儀作法の訓練をしてから社交界にデビューする。

成人前に見知らぬ上流階級の大人と接する機会は、普通はほとんどないはずである。

「うちの顧客だからだよ。お父様が邸に商談のために招いたのを見かけたことがある」

そういえばアイクの生家、ブレイディ男爵家は国内でも有数の貿易商だった。

「トリンガム侯爵家と言えば『国境の番人』じゃない」

トリンガム侯爵領があるのは隣国のアストラ星皇国との国境、水晶連峰《クリスタルム・アルプ》がある、この国の東の端だ。『国境の番人』の異名を持つのはそのためである。

どうしてそんな名門の当主がこんな犯罪に手を染めたのだろう。ネリーはマイアを連れ去る直前のトリンガム侯爵の顔を思い出した。

マイアの正体に気付いた表情をしていた気がする。マイアは有名人だから、高位の貴族なら顔を知っていてもおかしくはない。

ただの魔力保持者ではなく、特殊な魔力を持つ聖女であることがバレたとしたら――。

ネリーの背筋に冷たいものが走った。

（お姉様……）

自分のこれからも不安だが、今はそれ以上に一人連れ去られたマイアの身が気がかりだった。

◆　◆　◆

目覚めたマイアの視界に入ってきたのは、天窓がある天井と、そこから見える夜空だった。

漆黒の空には真円に近い月が昇っている。

その月に向かって手を伸ばすと、体内の魔力が満ち足りているのを感じた。

《魔封《マジック・シール》》の首輪は自己回復力には影響しないようだが、魔力の放出を妨げられる感覚は相変わらず残っていて不快である。

マイアはゆっくりと体を起こし辺りを見回す。天窓から差し込む月明かりだけが頼りだったが、それでも随分と豪華な部屋の中にいることがわかった。

壁紙、家具、絨毯、カーテン——室内に置かれている全てのものが女性的なデザインの高級品で、まるでお姫様の部屋である。また、マイアが寝かされていたのは、天蓋付きの豪華なベッドだった。

直前の記憶を探ったマイアは、地下の儀式魔術の制御装置にある月晶石に無理矢理触れさせられた後、この部屋に私兵に担がれて運び込まれたのを思い出した。

どうやらかなりの血を抜き取られたようで、頭痛と吐き気が酷く、どこをどう移動したのかは覚えていない。ただ一つ確かなのは、月の光が大量に差し込むこの部屋で休むように言い渡されたということだ。

そのおかげか、眠りにつく前が嘘のように体が軽くなっている。一体今の月齢はいくつだろうか。月の形から推測すると、一四から一六の間だと思うのだが。

マイアはベッドから出ると、床に置かれていたルームシューズを引っかけて、状況を把握するために立ち上がった。

ふらつきも目眩《めまい》も感じず問題なく歩けてほっとする。体調には問題がなさそうだ。マイアは小さく息をついてから窓の側へと移動した。

天窓だけでなく、この部屋には解放感に溢れる大きな窓があった。

月の光を取り込むためか、カーテンは開けられていて、ガラス越しに外の景色がよく見える。

どうやらこの部屋は、高い塔の最上階に位置しているようだ。

上空からちらちらと白いものが舞い降りてきたのでマイアは目を見張った。

よく考えれば一一月の半ばだ。東部の山間部では初雪の便りが聞こえてくる時季である。

外の景色から窺えるのは、ここが城を思わせる建築物の中だということだった。

トリンガム侯爵家は国境の番人だ。ということは、ここはアストラ星皇国との有事に備えて建てられた城塞のうちのどれかに違いない。城の外には比較的規模の大きな街並みが広がっている。

（領都なのかな……）

トリンガム侯爵領の領都の名前はなんだっただろうか。残念ながら思い出せない。こんなことならもっと地理の勉強をしておけば良かった。

街の向こう側には、白い山々が連なっているのが見えた。夜の闇にも鮮やかなその山並みは、水晶連峰《クリスタルム・アルプ》に違いない。国境を隔てるこの山脈は、夏でも雪に覆われていると聞く。

これから冬を迎えようとしている今は、特定のルートを通らないと国境を抜けられない。奇《く》しくもルカとの目的地に連れてこられたのだと思うと運命の皮肉を感じた。

それにしても不思議な窓である。室内は快適な室温が保たれているのに対して外は雪がちらついている。かなりの温度差があるはずなのに全く曇っていない。何かの魔術的な処理がされているのだろうか。

首を傾げつつマイアは窓に手を伸ばした。すると魔術式が浮かび上がり、指先が弾かれた。

――結界が張られている。

よく見ると部屋の内側には、びっしりと魔術式が書き込まれていた。術式の全てが読み取れた訳ではないが、監禁用のものだということは察しが付く。

首輪という魔道具を付けさせたくせにご丁寧なことだ。魔力を封じただけでは飽き足らないらしい。

自分の体を見下ろすと、まだ魔術布の服を着たままだった。

少し心もとないが、服から魔力を抜いておいたほうがいいかもしれない。アストラの最新技術をトリンガム侯爵の手には渡したくなかった。

魔術布に込められた魔力はマイア自身のものだから、抜き取るのは簡単だ。これが他人の魔力なら難しかったかもしれない。他者の魔力は波長が異なるので制御が難しいのだ。

背後から物音がしたのは、服から魔力を抜き終えたときだった。びくりと身を震わせ後ろを振り向くと、ドアが開いて人影が立っていた。

その直後、壁に設置されていた照明が一気に点灯し、室内がパッと明るくなった。マイアはあまりのまぶしさに目を細める。

部屋の中には贅沢にも魔道具の照明がいくつも取り付けられていた。目が慣れるまで少しかかりそうだ。まばたきを繰り返すマイアに、人影が声をかけてきた。

「お嬢様のお目覚めをお待ちしておりました。二日近く眠っていらっしゃいましたが、ご気分はいかがでしょうか？」

ようやく目が慣れてきた。声をかけてきた人影は、女中《メイド》のお仕着せを着た中年の女だった。

「いいと思うの？」

マイアは顔をしかめながら問いかける。

「生憎私にはお嬢様のご気分は量りかねます」

表情も感情もこもらない女の返答に、マイアは苛立ちを覚えた。

「随分とタイミングよく現れたのね」

「そちらの控えの間でお目覚めをお待ちしておりましたから」

女は自身が出てきたドアを手で示した。

「この部屋には旦那様の結界魔術が敷かれております。また、私ども使用人の控え室を抜けないと外には出られません。控え室には兵士も常駐しておりますので、どうかお逃げになろうとは考えないでください」

状況は詰んでいる。犯罪者にいいように扱われるしかない今の立場が悔しい。

「何かお召し上がりになりますか？」

「……食べます。できれば軽めで消化のいいものを用意してください」

「かしこまりました。厨房に申し伝えます」

女は一礼すると、足音一つ立てずに部屋を出て行った。

◆　◆　◆

女中《メイド》が持ってきたのは病人食の定番、ミルクで炊いた麦の粥だった。この国では体調不良のときに食べる定番の食事である。

ここはどこ？　あなたの名前は？　他の人は一体どこに？

女中《メイド》への質問は無意味だった。何を尋ねても「答えられない」の一点張りで、トリンガム侯爵から余計なことを話すなと言い含められているようだ。

彼女の動作は手慣れていて、よく教育されたベテランという印象を受けた。

だからマイアは早々に詮索を諦めた。上流階級に仕える優秀な使用人は口が堅い。無駄な努力はしない主義なのだ。

代わりにマイアは黙々と粥を口に運んだ。食欲はなかったが少し無理をしてでも流し込む。

ちゃんと食事を摂らなければ体を損なってしまう。少しでも体力を維持し、どうにかしてここを逃げ出す方法を探らなければ。助けが来る可能性もゼロではない。そのときに肝心の体が動かなかったら困る。

「旦那様が体や服を綺麗にする魔術をお嬢様にかけてくださっていますが、気になるようでしたらクローゼットの中の衣類は自由にお使い頂いて構いません。ここから出して差し上げることはできませんが、それ以外の要望がございましたらお申し付けください。できる事とできない事がございますが、なるべく叶えて差し上げるようにと言付《ことづ》かっております」

粥を完食すると、女中《メイド》が話しかけてきた。その口調は一貫して淡々としており、無表情なこともあいまって人形が喋っているようだ。

「のちほど旦那様がいらっしゃいます。それまではゆっくりお過ごしください」

旦那様、とはトリンガム侯爵のことだろう。マイアは身を震わせた。

◆◆◆

室内の時計は一時を指していた。女中《メイド》によると今日の月齢は一五らしい。これは誘拐されてからの日数計算ともほぼ一致する。

満月の夜は魔力保持者の能力は最大になる。聖女の自己回復力も同様なので、そのおかげで意識が回復したのかもしれない。

夜中にもかかわらず監禁部屋にやって来たトリンガム侯爵は、マイアの顔を見て明らかに、ほっとした表情を見せた。

「随分と顔色が良くなった。噂に聞く聖女の回復力のおかげかな？　この部屋も回復を助けたかもしれないね。ここは元々ティアラのための部屋だったんだ。あの子の傷の治りが少しでも早くなるように改造したから、ふんだんに月の光を取り込む設計になっている」

こちらに話しかけながら、トリンガム侯爵はマイアが座るソファの向かい側に腰を下ろした。

未婚の女性の部屋を訪れるような時間ではないが、囚われの身の上では指摘できないのが腹立たしい。感情を表に出してはいけない、と思いつつも、マイアは目の前の男を睨みつけずにはいられなかった。

「怒るのも無理はない。しかし私は感謝しているんだ。やはり聖女の血液は違う。媒体としての品質が他の人間とは比べ物にならない」

褒められても全く嬉しくない。

「……一体どれだけの命を犠牲にしてきたのですか」

「人聞きが悪いな。複数の平民を飼い、採取間隔を空けることでなるべく殺さないよう配慮はしている。ただどうも、血液採取のときに発動する術式が普通の人間には毒になるようでね……月晶石に触れると魔力が体内に流れ込む感覚があっただろう？　あれが良くないらしい」

確かに制御装置の月晶石に触れたとき、体の中に異質な魔力が流れ込んできた。その時の気持ち悪さを思い出し、マイアは、つい顔をしかめる。

「安心しなさい。あの魔力は我々魔力保持者にはそう大きな害は及ぼさない。しかし普通の人間は脆くて困る。どんなに採取量に気を遣って間隔を空けても、何度かあの地下に連れて行くと体調を崩して死んでしまうからね」

ああ、やっぱり。この男に買われた人たちは皆殺されていたのだ。

世間話をするような口調で、さらりと残酷な言葉を口にするトリンガム侯爵が恐ろしかった。

やはり親子だ。ティアラとの共通点を感じ、マイアは身を震わせた。今のトリンガム侯爵の表情は、夢見がちな表情でアベルとの接触を避けるよう強要してきた彼女にそっくりである。

「人を何人も殺して罪悪感はないのですか」

「何故？　生きていたところで大した役にも立たない平民、それもほとんどが貧民窟の浮浪児たちだ。連中は無事成長したとしてもろくな人生を歩まない。犯罪者の卵とも言える。むしろ欠損をも再生する治癒魔力の源になれたのだから喜ぶべきでは？」

（なんて酷い……）

浮浪児が犯罪の温床になっていることは事実だが、それは為政者の責任でもある。

王侯貴族の中には平民なんて虫けら同然と思っている人がいるけれど、こいつはそれ以上の人間の屑《くず》だ。この手の人間には常識も倫理も通じない。今目の前にいるのは魔蟲以上の化け物なのだとマイアは悟った。

「ああ、怯えなくてもいい。何度も伝えているがあなたは特別だ。ティアラが喜んでいたよ。あなたの血液を制御装置に捧げた直後から治癒魔法の威力が上がったらしい。簡単に殺そうとして悪かったね。どうか許してやって欲しい」

どうしよう。目の前の怪物に対してどんな答えを返せばいいのかわからない。

許すと伝え機嫌を取るのが正解なのか、それとも怒るべきなのか。

理解の範疇を超える生き物を目の前にして、マイアはただ青ざめて沈黙した。

「ああ、簡単に許せと言われても困るか。あなたがそう簡単にティアラを許せない気持ちは理解できる。でも良かったね、フェルン樹海から無事抜けられて。差し支《つか》えなければ、どうやって生還したのか教えてもらいたいな」

――来た。詮索されるのではないかと覚悟はしていた。でも、やっぱりどう答えていいのかわからない。

「ティアラからは、別の兵士を殺害し、あなたと一緒に埋めて駆け落ちしたことにして『処理』したと聞いていたんだけどね。改めて向こうの状況を確認させたら、失踪したあなたを討伐部隊総出で捜索したときに、一人の傭兵が行方をくらませたのがわかったんだ。不思議な符合だね」

その男に助けられたのだろう？

トリンガム侯爵の目はそうマイアを責め立てていた。

「名前はルクス・ティレルと言ったかな？　まだ若いのに相当な腕利きだと聞いた」

「……閣下の仰る通りです。私はルクスに助けられました」

ここはとぼけないほうがいい。認めたのはそう思ったからだ。

「首都に戻りティアラの暴挙を訴えなかった理由は？　その傭兵に誑《たぶら》かされたのかな？　結果的にそれで我々は助かったのだが」

「訴えても信じてもらえないかもしれないと思いました。私は平民、ティアラ様は侯爵家のお嬢様です。訴えが食い違ったとき、どちらの言い分が採用されるのか……確証がなかった私には逃げる以外の選択肢がありませんでした。ルクスは私に同情して手を貸してくれただけです。あの人は何も悪くない」

ルカが隣国の魔術師で間諜《かんちょう》だという秘密だけは、たとえ拷問されても絶対言わない。マイアは腹をくくるときっぱりと宣言した。

「成程《なるほど》……一応筋は通っている。確かに当家とマイア殿で主張が食い違えば、平民の孤児であるあなたには分《ぶ》が悪いかもしれないね。ルクス・ティレルとはどこまで同行を？　あなたを追っている可能性があるのなら対処しないと……」

「森を抜けた後別れました！　そこから先は知りません」

「一介の傭兵が金づるになる聖女をそう簡単に手放すかな？」

「私を利用しようとしているのはあなたたちのほうだわ!?　あの人を一緒にしないで！」

「随分と下賎な傭兵に肩入れする……その様子だと一緒に売られてきた連中よりも、ルクス・ティレルのほうがあなたに対する、より強力な切り札になりそうだ」

トリンガム侯爵はマイアに酷薄な笑みを向けてきた。

まずい、と一瞬思ったがすぐにその考えを打ち消す。

今のルカは髪と瞳の色も名前も変えている。侯爵が傭兵ルクスを追いかけてくれるのなら、それは逆に目くらましになるのではないだろうか。

「ルクスに手を出さないで」

マイアは『ルクス・ティレル』に執着している演技をすることにした。

「さて、それはあなた次第だ」

「お願い！　なんでもするから！」

「では二度目の血液供給に協力を」

「……わかりました」

「夜が明けたら迎えに来るのでそれまでは体を休めるように」

トリンガム侯爵は尊大な態度で告げると席を立った。

四章　月満ちる日に

ルカの正体を漏らすような致命的な失言はしていないと思うのだが、不安で仕方がなくて、マイアは一睡もできないままに明け方を迎えた。

部屋の中には暇つぶしのための本やら楽器やらが置かれていたが、気持ちがざわついて何も手につかない。

マイアはベッドに横たわり、目を閉じて過ごした。たとえ眠れなくても視界から入る情報を遮断するだけで、体は休まるものだと聞いたことがあるし、少しでも体力を温存するべきだと思ったからだ。

「クローゼットには若い女性の好みそうな服を入れておいたのだが……マイア殿のお気には召さなかったのかな？」

早朝、身支度が終わるやいなや、図ったように現れたトリンガム侯爵は、マイアがまだ魔術布の服を身に着けているのを見咎めて眉をひそめた。

「首都でも休日はこんな感じの服で過ごしていましたから。一人で着脱ができないような豪華なドレスは私には分不相応に思えて……気に入らなかった訳ではありません」

クローゼットの中に詰め込まれていたのは、貴族のお嬢様が着るようなふりふりひらひらとしたドレスばかりだった。

この手のドレスは、コルセットやらパニエなどの補正下着を身に着けないと美しく着こなせない。

「今日のところはもういいが、明日からはドレスを着用しなさい。あなたにはいずれ当家の血を受け継ぐ子を産んでもらう予定だから、相応の作法を身に付けてもらわねば困る」

「はい？」

「聞こえなかったか？　マイア殿にはいずれ私の子を産んでもらう。まずはティアラの足場を固めるのが最優先なので今すぐにとは考えていないが、あの子が無事第二王子妃となって、治癒魔法を今ほどに使わなくても良くなったそのときには、私の妾《めかけ》としてあなたを迎えるつもりだ。さすがに妊娠したあなたに儀式魔術への血液供給をお願いする訳にはいかないからね」

「なっ……」

怒りで目の前が真っ赤になった。

血液を死なせない程度に搾取した上に、貞操まで奪おうというトリンガム侯爵の穢らわしい考えに、心の奥底からの怒りが湧き上がる。

「あなたの愛人になれですって……？」

トリンガム侯爵は整った容姿の持ち主ではあるが、親子ほども年の離れたおじさんだ。冗談ではなかった。

「年回りを考えたら息子のほうがいいのかもしれないが、生憎あれは魔力保持者ではないものでね。魔力保持者同士の掛け合わせのほうが次代以降の遺伝確率が上がる。妻はティアラが大怪我を負った火事のときに亡くなっているんだが、表に出せないあなたを正式に迎えることはできないからね。申し訳ないがそこは理解してもらいたい。あなたのことは唯一の女性として大切にさせてもらうよ」

マイアは青ざめた。唯一の女性なんて言われてもちっとも嬉しくない。不幸にも誘拐された聖女の末路が脳裏をよぎった。

確か家畜のように交配用のメスとして『使われた』聖女がいたはずだ。

トリンガム侯爵はおじさんとは言え清潔感はあるし見た目もいいから、台メス扱いよりはマシかもしれない……と、考えたところでやっぱりありえないと否定する。

いくら顔が良くても、こいつはマイアを飼い殺しにしようとしているだけでなく、禁術に手を出し何人もの人を手にかけた犯罪者だ。しかもおじさん。いい歳のくせに若い女を囲おうという考えが気持ち悪い。

この下種《げす》野郎。もげればいいのに。マイアは心の中で下町言葉を使い罵倒した。

いいように血液を搾られた上に、貞操まで好きにされる未来を考えたら死にたくなった。なまじ高い自己回復力があるせいで、力の強い聖女に自殺は難しい。成功率が上がるのは約二年に一度の周期で訪れる近点月の喪月《そうげつ》だが、それはこの間終わったばかりだ。死すら自分の意志では選べないこの体が恨めしく、マイアは唇を噛んだ。

◆
◆
◆

トリンガム侯爵に促され、唯一のドアを出ると、あらかじめ中年の女中《メイド》から知らされていた通り使用人の控え室に続いていた。女中《メイド》と兵士の姿があるのも事前情報通りで、マイアは厳重に監視されていたことを改めて思い知らされた。

侯爵の命令で、控え室に待機していた兵士たちも同行する。物々しい雰囲気の中、更に外に出ると螺旋状の下り階段が見えた。

控え室を一歩出ると、途端に肌寒さに襲われた。室内は恐らく魔術による温度調整が効いていたのだろう。

階段はかなり長かった。ひたすら下り続けた結果わかったのは、マイアが寝かされていた場所が、例の儀式魔術が敷かれた地下室の真上に位置していたということだ。階段を下りきった場所には見覚えのある重厚な金属製の扉があり、二人の兵士がその左右に立っていた。

しかし今回は前と違って、扉が魔術で封印されておらず開いている。

トリンガム侯爵に続いて中に足を踏み入れると、制御装置の前にフロックコート姿の男性が立っていた。

「来ていたのか、ジェラルド」

トリンガム侯爵が声を掛けると、男性はこちらへと顔を向けた。

まだ若い男性だった。年齢は二〇代の半ばくらいだろうか。紹介されるまでもなくトリンガム侯爵の血縁とわかる容姿の青年である。

侯爵やティアラに共通する白金の髪、そして人形のように端正な容貌の持ち主だった。侯爵たちと違うのは、魔力保持者ではないためか、瞳が金色を帯びていないという点だ。また、鍛え上げられた立派な体つきをしていた。アベル王子と並んでも見劣りしないであろう体格と容姿の持ち主である。

「マイア殿、紹介しよう。当家の嫡男のジェラルドだ」

「ジェラルド・トリンガムです。初めまして、聖女殿」

ジェラルドはマイアに向かって名乗りながら優雅に会釈した。

「妹が大変お世話になったようで、感謝致します」

やはりティアラの兄だった。紹介されて改めてその顔を観察すると、トリンガム侯爵家の面々は実によく似ている。

「補充か？」

「はい。魔力を使い切ってしまったとティアラより連絡があったので。せっかく聖女殿の血液で魔力が満たされていたのに……あればあるだけ無計画に使ってしまうのだから困ったものです」

トリンガム侯爵に報告しながらジェラルドは肩をすくめた。わがままな子供を微笑ましく見守る保護者のような顔をしている。

『補充』という言葉に嫌な予感を覚え、マイアは視線を制御装置に向けた。そして気付く。ジェラルドの足元に、小さな人影がいくつか倒れ込んでいた。

その中の一人に見覚えがあった。あの淡い金色の髪の女の子は、まさか――。

「そう言えばこの子はマイア殿と一緒に送られてきた商品でしたか」

ジェラルドはその場にしゃがみ込むと、少女の髪を無造作に掴み、顔を上げさせた。

マイアは息を呑んだ。嫌な予感が当たった。少女はネリーだった。

「う……」

　ジェラルドの乱暴な扱いに、ネリーは苦悶の表情を浮かべて小さく呻《うめ》いた。どうやら辛《かろ》うじて意識を保っていたらしい。

「貴族という触れ込みだけあって血液の品質はまずまずでした」

　魔力保持者は古くから婚姻によって上流階級に取り込まれてきた。だから遺伝的に貴族には魔力保持者が生まれやすい。

　幼少期に瞳の色が金色を帯びなければ魔術師にはなれないが、そこに至るほどではなくても、貴族に生まれた者は一般的に平民よりも高い魔力を持っている。だから貴族の子供であるネリーの血液は、治癒魔力への変換効率が良かったのだろう。

　想像はつくが、だからといって年端もいかない彼女にこんな扱いをするなんて――。

　マイアは湧き上がった怒りのままにジェラルドを睨みつけた。視線でこいつが呪い殺せたらいいのに。

「今日のところはマイア殿に血液を提供してもらうからいいとして、今後はもう少し配分を考えて治癒魔法を使うように言わなくてはいけないな。マイア殿が供給できる血液にも限りがあるのだから」

　そうトリンガム侯爵が発言したときだった。

　何かが背後から飛んできて、マイアの顔の横を通過した。

　次の瞬間――。

　キィン！

甲高い金属音が響き渡り、マイアの前方にいたトリンガム侯爵の体を守るように魔力の壁が発生する。

そして飛んできた何かが乾いた音を立てて床に落ちた。

それはよく見ると小型のナイフだった。なんらかの防御魔術か魔道具が発動し、侯爵を守ったようだ。

危機を察知したのか、制御装置の前にいたジェラルドが腰に帯びた剣を抜きながら、こちらへと走り寄ってきた。

「馬鹿が！　合図を待てって言っただろう！」

背後からそんな声が聞こえてきたかと思ったら、黒い人影が疾風のようにマイアの脇を通り抜け、トリンガム侯爵に襲いかかった。

人影の持つ白刃が閃く。しかしその刃はトリンガム侯爵には届かず、間に割り込んだジェラルドによって阻まれた。刃物同士がぶつかり合い、乾いた金属音が辺りに響き渡る。

一合、二合――。

そのまま二人は剣を打ち合わせた。

唐突に目の前で始まった剣戟《けんげき》に、マイアは大きく目を見開くと呆然と立ち尽くす。

ジェラルドとやり合う男性の後ろ姿に既視感を覚えた。

侯爵家の私兵の制服を着用した金茶の髪の男の人。

柔らかそうなふわふわの髪に細身の体は間違いない。心の中でずっと会いたかった人だ。

「ルカ！」

思わず叫ぶと、ルカはちらりとこちらを一瞥した。懐かしい緑の瞳に不覚にも涙が零れそうになった。彼と離れてから、まだ一週間ほどしか経っていないのに。

ルカの持つ剣は、見慣れたいつものエストックではなかった。量産品のように見える長剣だったが、まるで舞うような優美な剣さばきでジェラルドを圧倒している。一方のジェラルドは防戦一方で、剣の技量ではルカのほうがずっと上回っているように見えた。

「下がれマイア！　巻き込まれる」

感動の再会の余韻に浸る暇もなく、ぐいっと誰かがマイアの腕を後ろから引っ張った。

振り返ったマイアは、腕を掴んだ人物に眉をひそめる。

そこにいたのは、トリンガム侯爵家の私兵の制服を着た男だ。どうしてマイアの名前を知っていて助けようとするのだろう。

不信感に腕を振りほどこうと力を込めると、兵士の姿が溶けるように滲んだ。かと思うと、見知った顔へと変化する。

「おじ様……？」

そこにいたのはローウェルで別れたはずのゲイルだった。

相変わらず血色が悪く不健康そうだが、ローウェルのときと違って、灰色がかった金髪に金色がかった水色の瞳という本来の髪と瞳の色になっていた。

「どうしておじ様がここに!?」

「説明は後だ。下がるぞ」

ゲイルはマイアの腕を引くと後方へ退避しようとした。そこに電撃がトリンガム侯爵から放たれる。

ゲイルは舌打ちをすると左手で拳を作り、電撃に向かって突き出した。するとゲイルの中指にはまっていた指輪から金色の光がほとばしる。

光は魔術式へと変化し、壁となって電撃を受け止めた。指輪は恐らく防御系の術式が込められた魔道具だ。

「聖女に薄汚い手で触れるな！」

トリンガム侯爵が声を荒らげる。

「それはこっちの台詞《せりふ》だ！」

侯爵の発言に即座に言い返したのはルカだった。彼はジェラルドと対峙しながらも、袖口から手品のように小型のナイフを取り出して侯爵に向かって投擲《とうてき》した。

残念ながらそのナイフは再び侯爵の体の前に発生した魔術の壁に阻まれ、床に落ちた。

侯爵は不敵に笑うと、魔術筆《クイル》を手に魔術の準備を始める。

視線がルカに向いているところを見ると、何かを仕掛けるつもりなのかもしれない。

ゲイルから侯爵に向かって純粋な魔力の塊が放たれた。しかしやはり壁が発生し弾かれる。

「……厄介だな。かなり強力な防御系の魔道具を持ってやがる」

ゲイルは眉をひそめると吐き捨てた。

「マイア、魔力の状態は？」

「問題はありませんが《魔封《マジック・シール》》の首輪を付けられているので放出ができません」

首輪を示すとゲイルのまとう雰囲気が怖くなった。

「あの野郎……」

ゲイルはつぶやくと、魔術筆《クイル》を取り出して、何かの魔術を構築すると指先をマイアの首輪に伸ばした。すると、首輪に魔力が吸い上げられる感覚がふっと消える。

「応急処置だ。しばらくの間もつはずだ」

そう告げながら、ゲイルは左手の中指にはめていた指輪を引き抜きマイアに差し出した。

「何度も使える訳じゃないが、《防御障壁《プロテクション》》の術式を仕込んである。俺はあいつの対処をするから防御はマイアに任せていいか？」

「っ、はい！」

役割を与えられたというのが嬉しい。マイアは指輪を受け取ると早速中指にはめた。ルカの指輪を借りたときほどではないが少し大きい。抜け落ちそうで怖かったので、マイアは手をぐっと握り込んだ。

指輪をマイアに手渡したゲイルは魔術筆《クイル》を取り出す。するとそれを見たトリンガム侯爵は、標的をこちらへと変えた。

侯爵から網の目状の魔力が放たれる。

マイアはゲイルに借りた指輪に魔力を流した。すると自分とゲイルの周囲に球形の魔力の壁ができる。

そのときだった。ルカが大きく踏み込み、ジェラルドの右肩を切り裂いた。

ジェラルドは苦悶の表情を浮かべ、自身の剣を取り落とす。

元々の技量はルカのほうが勝っているように見えた。侯爵の注意がこちらに向いたことで、その差が出たのだろう。

しかし、それはこちらの油断を誘う作戦だったのかもしれない。侯爵の手元から放たれた魔力の網は、マイアたちに触れる寸前で軌道を変えた。

「ルカ！」

網がルカたちの方向に向かっていくのを見て、マイアは思わず叫んだ。

「馬鹿！　まだ気を抜くな！」

ゲイルからの叱責が飛ぶ。

魔力の網が広がり、ルカとジェラルドに降り注いだのに驚き、マイアは魔力を魔道具に供給するのを止めてしまっていた。

次の刹那――。

「うっ……！」

突然マイアの首が締まった。忌々しい首輪のしわざだ。

「マイア！」

首元を押さえ、蹲《うずくま》ったマイアを見てゲイルが叫んだ。

「マイア殿、あなたは逃げられないよ。その首輪がある限り、あなたは我々のものだ」

トリンガム侯爵の言葉にゲイルが「くそっ」と悪態をつくのが聞こえた。そして書きかけの魔術式を放棄するとこちらに駆け寄り、マイアの首輪に触れようと手を伸ばしてくる。

「ぐっ！」

「いっ……！」

首輪とゲイルの手の間に魔力の反発が発生し火花が散った。マイアの首筋にもその衝撃が伝わり、あまりの痛みに悲鳴を上げる。

痛い。苦しい。息ができない。

酸欠で辺りの景色が霞み始めた。マイアは涙目になりながらもトリンガム侯爵を睨みつける。

視界の端に、魔力の網に搦め捕られたルカとジェラルドが、どうにか脱出しようとあがく姿が見えた。

まさか首輪にこんな機能が付いているなんて思わなかった。油断した自分が恨めしい。

マイアは心の中でルカとゲイルに謝った。

(ごめんなさい)

「……ざけんな」

朦朧とするマイアの耳に、地の底を這うような低い声が聞こえてきた。かと思うと、ルカの体から魔力が黄金の光となってゆらゆらと立ち昇った。そしてその体に触れていた網が霧散する。

侯爵が動揺したのか首輪の締め付けが緩んだ。マイアは酸素を求め、はあはあと息をつく。

「お前……魔力保持者……？」

そんな呆然としたつぶやきが聞こえてきて、顔を上げるとトリンガム侯爵を睨みつけるルカの横顔が見えた。

その瞳の色が変わっている。エメラルドのような純粋な緑色から、輪郭が金色を帯びた魔力保持者であることをあらわす色へと。

「父上！」

まだ魔力の網に囚われたままのジェラルドが声を荒らげた。

はっと我に返った侯爵は、慌てて左手に握り込んだ何かに魔力を流した。どうやらそこに首輪と繋がる魔道具の類があるようで、マイアの首が再び締まる。

「聖女に何を！」

怒鳴りながらルカは長剣を片手にトリンガム侯爵に飛びかかった。

身体強化魔術の賜物だろう。床を蹴ったかと思ったら次の瞬間にはトリンガム侯爵の目の前に到達し、その体に剣を突き立てる。

しかし――。

その刃が侯爵に到達することはなかった。

直前で金色の壁が発生しトリンガム侯爵を護《まも》る。

そしてルカの剣と壁の間に火花が発生し――剣身が折れた。

「馬鹿が。お前ごときにこの障壁が破れるものか！」

トリンガム侯爵は嘲《あざけ》るように発言した。しかしルカはそれを無視し、折れた剣で更なる攻撃を加える。

「何を無駄なことを……」

一撃、二撃、合間にナイフを。

魔術の壁に阻まれ、折れた剣身が更にひしゃげても構わずルカは侯爵に攻撃を加え続けた。

まるで剣術の打ち込み用の木偶人形を相手にしているみたいだ。

緑金の目だけを獣のように爛々と輝かせ、無表情のまま攻撃し続けるルカの姿に明らかに侯爵は怯《ひる》んでいる。その証拠に再びマイアを苦しめる首輪の戒めが緩んだ。

「大丈夫か、マイア」

ケホケホと咳き込み、息を整えるマイアにゲイルが声をかけてきた。

その動きに気付いた侯爵が首輪の制御装置に魔力を流そうとする。

しかし、マイアにとっては幸いなことに、ゲイルの動きのほうが早かった。

彼の手がマイアの左手の指輪に触れる。すると魔力の壁がマイアの体を取り囲むように展開された。

トリンガム侯爵は舌打ちすると、マイアの首輪を作動させるのを諦めたのか、魔術筆《クイル》で魔術式の構築を始める。

「ルカ、退避しろ！」

ゲイルの忠告は耳に入らないようだ。ルカは剣身が使い物にならなくなった剣を投げ捨てると、素手で侯爵を守る防壁に殴りかかった。

「だめだ。たぶん満月の影響で理性が飛んでる」

ゲイルの発言の意味がわからない。だけどルカの様子がおかしいのは確かだった。

侯爵が魔術を使おうとしているのも、拳が傷付いて血を吹き出しているのもお構いなしだ。ルカはひたすら防壁を殴り続けている。

無言、そして無表情だから余計に怖い。あれは本当にルカなのだろうか。

ジェラルドとの交戦のときにやられたのか、ルカの衣服は肩口が切り裂かれており、そこから素肌が覗いている。

その肌に刻まれた刺青《いれずみ》の一部、魔術式の部分が金色に発光していた。そして――。

ピシッ……。

何発目だろうか。ルカが拳を繰り出したとき、何かがひび割れるような音が聞こえた。

「なっ……」

驚きの声は誰が上げたものだろうか。

トリンガム侯爵を護る魔力の壁が揺らぐ。

「馬鹿な。古代遺物《アーティファクト》の結界なのに……」

古代遺物《アーティファクト》――それは、古代の失伝魔術《ロストミスティック》によって造られた極めて強力な魔道具を指す言葉だ。

トリンガム侯爵家は歴史ある名門貴族だから、そういう代物を所持していてもおかしくはない。

「父上！　お逃げください！」

ジェラルドが魔力の網の中から叫んだ。それとルカが再び体重の乗った拳の一撃を繰り出すのは同時だった。

硝子《ガラス》が砕け散るような破砕音が辺りに響き渡り、トリンガム侯爵を護る壁の魔術式が粉々に砕け散った。

「ひっ……」

侯爵は書きかけの魔術式を放棄すると悲鳴を上げる。

ルカはその襟首を掴むと、乱暴に持ち上げた。

「お前は普通には殺さない」

ようやくルカが言葉を発した。

「父上！」

「殺すな！　事後処理が面倒だ！」

ジェラルドの声にゲイルの声が重なる。ゲイルは声をかけただけでなく、ルカを制止するために飛びかかった。

「邪魔すんな」

冷たく告げるとルカはゲイルを軽く振り払った。その仕草だけでゲイルは勢いよく後方に吹き飛ばされる。見るからに不健康でガリガリだが、ゲイルは成人男性なのに。

「おじ様！」

マイアは慌ててゲイルに駆け寄った。しかしゲイルは首を振る。

「マイア、先にルカに治癒の魔力を……たぶんそれで落ち着く……」

「でも……」

「いいから先にルカを……殺させないでくれ……」

重ねて頼まれ、マイアは唇を引き結ぶとルカに向き直った。ルカはトリンガム侯爵に向かって既に拳を振り上げている。

その拳は金色の魔力を帯びていた。

まずい。反射的にそう思った。

なんの備えもなく敵の接近を許した魔術師は無力である。ただでさえ身体的には普通の人間に劣るのだ。あんな濃密な魔力を帯びた拳で殴られたらただでは済まない。

しかし、拳が振り下ろされる直前――。

背後から飛来した魔力がルカの腕に当たり、侯爵の顔をわずかに逸れた。

拳が床に当たる。

ドォン！

鈍い破砕音が聞こえ、床板に大穴が開いた。

普通の威力ではない。マイアは青ざめた。

ルカは舌打ちすると侯爵の体を床に叩きつけ、ゲイルを睨みつけた。

「邪魔すんなって言っただろ！」

凶悪な視線に体が竦む。ゆらりと黄金の魔力を立ち昇らせ、ルカはゲイルへと近付いてくる。

（だめ）

ルカはゲイルを攻撃するつもりだ。悟ったマイアは、目の前にやって来たルカに飛びかかった。

ルカの視線がゲイルに固定されていたおかげか、あっさりとルカはマイアの接近を許した。マイアはルカの胴体にしがみつき、思い切り魔力を流す。

聖女の魔力は特別だ。一般的な魔力保持者の魔力は他人の体に流すと人を傷付ける力となるが、聖女の魔力は違う。肉体の損傷を癒し、痛みを和らげる力に代わる。

元のルカに戻って。

願いながら魔力を流す。すると、腕の中のルカの体がふっと弛緩《しかん》した。

「マイア……？」

ルカがマイアを見た。獣みたいだった緑金の瞳が戸惑うように揺れている。

ああ、いつものルカだ。そう思えたので、マイアはルカの胴体に回した腕を緩めて身を離した。

「俺は……」

ルカは手で頭を押さえ、困惑の表情で辺りを見回す。

「正気に戻ったか。満月期の潜入になったから嫌な予感はしてた」

背後から聞こえたのはゲイルの声だった。腹部に手を当て、顔を盛大にしかめながらも、よろよろとこちらに向かって来ている。

「おじ様！」

マイアはゲイルに駆け寄ると、その体に触れ、治癒の魔力を流した。

「貴様ら！　よくも父上を！　このような真似をして、ただで済むと思うな！」

侯爵の状況をようやく把握したのか、ジェラルドのわめき声が聞こえた。ルカは舌打ちをすると、まだ魔術の網の中にいるジェラルドに向かって腰の物入れから取り出した何かを投げつけた。

すると魔術式が発動し、ジェラルドはがくりと崩れ落ちた。ルカが投げつけたのは恐らく使い捨ての魔道具か魔術符だ。込められていたのは意識を奪う系統の魔術だろう。その場は一気に静かになった。

他にも私兵がいたはずなのに、一体どこに消えたのだろう。疑問に思ったマイアは部屋中を見回した。

すると、私兵たちは出入り口の扉付近に折り重なるように倒れていた。ルカかゲイルのしわざに違いない。

「マイア、俺はもう大丈夫だから子供たちを診てやってくれ」

ゲイルが指さしたのは、制御装置の近くで倒れたまま動かない子供たちだった。いつの間にやらルカはそちらに移動しており、しゃがみ込んで子供たちの様子を確認している。

「……この子以外は駄目だ。事切れている」

マイアが制御装置の側に移動すると、ルカが話しかけてきた。

ルカが首に手を当てて脈を確認しているのはネリーだ。しかしそのネリーも状態は芳《かんば》しくない。意識がなく、青ざめた状態で浅い呼吸を繰り返している。

許せない。改めてトリンガム侯爵やジェラルドへの怒りが湧き上がった。だけど感傷に浸るのは後だ。まずは癒してあげなければ。

マイアはネリーの側に座り込むと、その体に手を当てて魔力を流した。

(戻ってきて……!)

奪われた血が補われるよう願いながら治癒魔法を施す。

「ゲイル、ごめん……」

「いい。俺もお前を止めるために攻撃したからな。怪我はしてないか?」

「ああ。マイアの魔力のおかげだと思う」

ルカとゲイルのやり取りが聞こえてきた。

そんな外野の声をよそに魔力を流し続けると、ネリーの顔に赤みが差し始め、固く閉ざされていた目蓋《まぶた》が持ち上がる。

「おねえ、さま……?」

「良かった、ネリー。気分は?」

「良いとは言えませんが……私たち、助かったんでしょうか」

まだぼんやりとした様子でつぶやくネリーにマイアは頷いた。

「聖女の力を使ってくださったんですね、ありがとうございます」

「ううん、ネリーが回復して良かった……」

マイアが答えると、ネリーは力なく微笑んでから再びすうっと目蓋を閉じた。

しかし今度は先程までと違い健全な眠りだ。規則正しい呼吸音が聞こえてきて、マイアは安堵の息をついた。

「その子はマイアが聖女だって知ってるのか」

至近距離から声が聞こえたので驚いて顔を上げると、いつの間にやらゲイルが近くにいた。

「一緒に攫われたので……」

「他にも知ってる人間はいるのか？　一体何人いる？」

冷たい視線を向けられて背筋がすうっと冷えた。

「侯爵たち以外はネリーだけです。ネリーは首都にいたときに担当していた方のお孫さんなので……他にも一緒に攫われた人はいましたが、私のことは魔術師だと思っているはずです」

「聖女ということはバレていないにしても、マイアが貴種《ステルラ》だと知っている人間はいる訳だ」

難しい顔をするゲイルにマイアは急に不安を覚えた。

「ネリーたちに何かするつもりですか……？」

「《催眠暗示《ヒュプノティズム》》の魔術を使う。少なくとも国境を越えるまではマイアのことを誤魔化さないといけない」

「精神操作系の魔術をかけるんですか……？」

マイアは青ざめた。《催眠暗示《ヒュプノティズム》》や《魅了《チャーム》》、《恐慌《フィアー》》といった、人の心に影響を及ぼす精神操作系の魔術は、時に人の心を壊してしまう。

「侯爵たちの被害者に関しては健康状態に影響が出ないよう細心の注意を払うつもりだ」

「ゲイルは魔力の制御能力が変態レベルなんだ。だから任せておけば大丈夫」

補足するルカの言葉を聞いても不安は残る。だけどこの国から逃げるためには仕方がない。マイアは自分に言い聞かせた。

「ルカ、そっちの様子はどうだ？」

ゲイルはルカに尋ねた。

ルカの傍にはトリンガム侯爵とジェラルドが仲良く横たわっている。どうやら二人を並べるように運んだ後に様子を見ていたようだ。

「息子はゲイルの作った《誘眠《スリープ》》の魔術符の影響で寝てるだけだ。侯爵は一応生きてるけど危ないかもしれない」

「……マイア、悪いが侯爵を治療してもらってもいいか？　訊きたいことがあるんだ」

ルカの言葉を聞いたゲイルはマイアに依頼してきた。

「わかったわ」

マイアは頷くと侯爵のところへと移動する。ゲイルも後ろからついてきた。

侯爵の顔は、見るも無惨な状態になっていた。

ルカの拳は、ゲイルが放った魔力弾によって逸れたはずなのに、左半分がひしゃげている。

もし直撃したら命を奪っていたかもしれない。本気のルカの力は一体どれくらいあるのだろう。そう思うと恐怖が湧き上がった。

マイアは恐る恐る侯爵の口の中を確認する。奥歯が何本も折れ、顎の骨も損傷していた。

歯は臓器や眼球と同じで聖女の治癒能力では治せない。この状態だと全力で治療しても元通りには治らず、今後死ぬまで歪んだ顔のまま過ごすことになるだろう。しかし、この男が犯した罪を考えると同情する気持ちにはなれなかった。

「喋れる状態まで治せそうか？」

ゲイルに尋ねられ、マイアは侯爵の左頬に手をかざすと軽く魔力を流してみた。

魔力が通ったことにほっとする。

「ある程度は治せると思います」

マイアの答えを聞いたゲイルは、魔術筆《クイル》を取り出すと、なにかの魔術式を書き始めた。

「尋問用の魔術だ。マイアは気にせず治療を」

ルカに促され、マイアはゲイルに気を取られて止めた魔力を再び流し始めた。

◆
◆
◆

トリンガム侯爵家当主、オード・トリンガムは、意識を取り戻すなり左頬の激痛に見舞われた。

朦朧としながらも直前の記憶を探り、得体の知れない謎の侵入者に殴り飛ばされたことを思い出す。

二人組の魔術師だった。奴らは一体何者なのだろう。オードはこの国では数が限られる魔術師だ。

国内の名の知れた魔術師はほぼ顔見知りと言っていい。そのオードの記憶にない連中ということは、異国の魔術師の可能性が高い。

ふと思い浮かんだのは隣国のアストラだ。

オードは伝説の大聖女、エマリア・ルーシェンが生み出した治癒魔術式の再現に成功した。この儀式魔術は、人の血液中に含まれる魔力と生命力を、欠損すら再生する奇跡の治癒魔力に変換する禁術だ。儀式魔術を構築したオードは、当初は血液の品質を求めてアストラの人間に目を付けた。

かの国は何故か魔力保持者が生まれやすい。研究者によると、月からの魔素が溜まりやすい土壌なのが原因ではないかと言われている。そこで領内の平民と比較してみたところ、確かにアストラの人間は貧民窟にたむろする浮浪児であっても、この国の人間よりも血液の質が良かった。

最近手広くやりすぎたせいで足が付いたのかもしれない。

全ては愛娘のために。マイアに語った言葉に嘘偽りはない。

ティアラはオードにとって不憫な子供だ。七年前の火事で大怪我を負い、両足を失っただけでなく母親も亡くし、一時は生きる気力を失うほどに病んでいた。それがあまりにも可哀想で、オードはティアラを溺愛し、存分に甘やかした。

禁術に手を出したのは、どうにかしてティアラの傷を治してやりたかったからだ。幸い狙い通り傷だけでなく失われた両足も再生し、ティアラは火事に遭う前の美貌を取り戻した。

健康になったティアラが、次に望んだのは子供の頃からの憧れである第二王子のアベルだった。

王族男子の配偶者は魔力保持者、それも聖女を優先して選定される。ティアラを第二王子妃候補にするためには、魔力器官が急発達したことにして聖女として表に出してやるしかなかった。

しかし、他人を癒すためには、ティアラ本人の傷を癒す以上に膨大な量の血液が必要だった。

だが、オードにティアラの願いを叶えないという選択肢はなかった。可愛い娘だ。誰よりも何よりも大切な。

あの二人組がアストラの魔術師だったとしたら、その来訪の目的はオードへの報復に違いない。

しかしわからないのは、男のうちの片方だ。

魔力保持者特有の金を帯びる瞳を持ちながら、およそ魔術師とは思えない剣の腕に、ありえない筋力の持ち主だった。

そうだ。左の頬がこんなに痛むのは、あの男に殴られたせいだ。

だが、酷い痛みの中にも、何か温かいものが流れ込む感触があった。

――これはきっとマイア・モーランドの治癒魔法だ。

オードは確信した。本物の聖女の治療は何度か受けたことがあるからわかる。

まるでぬるま湯のように温かく、心地よい感覚は聖女の魔力の特徴だ。

これは魔術によって人工的に作られた、まがい物の聖女であるティアラには得られなかったものである。ティアラの治癒を受けたときに感じる不快感は、一般的な魔力保持者の魔力を人体に流したときに感じる感覚と同じだった。

治療されているのは「殺すな」ともう一人の魔術師が言っていたからだろうか。お優しいことだ。

さすがに魔術筆《クイル》は取り上げられていると思うが、オードは魔道具をあちこちに隠し持っている。それをうまく使ってどうにかこの場を脱出しなければ。

「マイア、もういいよ。意識が戻ったみたいだ」

若い男の発言にオードはギクリとした。

温かな魔力が送られてこなくなり怒りが湧く。余計なことを言うから聖女の魔力が止まったではないか。まだ頬はズキズキと痛むのに。

「ルカ、目をこじ開けてくれ」

「わかった」

不吉な言葉が聞こえ、髪の毛が鷲掴《わしづか》みにされたかと思ったら、目蓋に手がかかり、無理矢理目をこじ開けられた。

「よう、侯爵閣下。こうして顔を合わせるのは初めてだな」

視界に入ってきたのは、魔術師の片割れ——顔色の悪い貧相な中年の男の顔だった。

男の金を帯びた淡い水色の瞳を見た途端、濃密な魔力がオードを包み込む。

目を通して自分の中に他人の魔力が入り込んできた。筆舌し難い不快感に加え、『自分』が侵食される感覚に、まずいと思うものの目の前の男の瞳から目が離せない。

精神操作系の魔術だ。オードは瞬時に悟った。

体調が万全なら自分の魔力で抵抗ができるのに、負傷のせいでそれもままならない。

(やめろ、入ってくるな!)

抗おうとする意志は、目から入り込んでくる魔力に搦め捕られる。

——嫌だ。

侯爵家の、それも数少ない魔力保持者として生まれ、オードはずっと人に傅《かしず》かれてきた。この国で自分が膝を突かねばならない相手は王族だけである。

屈辱だった。しかし、そんな思考すら、侵食してきた魔力によってねじ伏せられる。

『答えろ』

目の前の魔術師の男の意志が流れ込んできた。

『これはエマリア・ルーシェンの魔術だな？　どこでどうやって手に入れた』

エマリア・ルーシェン——一五〇年ほど前にアストラで活躍した伝説の大聖女。

思えば、かの魔女の魔術書を手に入れたのが全ての始まりだった。

言えない。言うものか。あれはティアラのために必要な、も……の……。


——それがオードの最後の思考になった。

◆
◆
◆

「マイア、そこまででいい。意識が戻ったみたいだ」

ルカに声をかけられ、マイアはトリンガム侯爵の治療をやめた。

「どうしてわかるの？」

「呼吸音や喉の動きをよく観察すればわかる」

返事をするルカの目は冷たい。知らない人のように見えて不安になる。

「ルカ、目をこじ開けてくれ」

隣で魔術式を準備していたゲイルがルカに声をかけた。

ルカは「わかった」と短く返事をすると、侯爵の頭を乱暴に掴み、少し持ち上げてから目蓋に手をかけた。

邪魔にならないように離れたほうが良さそうだ。マイアはゆっくりと立ち上がった。

その瞬間、目の前がくらりとした。

まずい。これは魔力切れの前兆だ。

トリンガム侯爵の治療に思ったよりも魔力を持っていかれた。ルカが殴った部位は頭だった。これだけの魔力を消耗したということは、脳が損傷していたのかもしれない。

「マイア、顔色が悪い。魔力を使いすぎたんじゃ……」

ルカは目ざとい。マイアの様子にすぐに気付いて駆け寄ってきた。ゲイルによるトリンガム侯爵への尋問の魔術はどうやらうまくかかったようだ。

「ここの儀式魔術をどうにかしたら脱出するから、少し座って休んでて」

ルカは身に着けていた兵士の制服の上着を脱ぐと床に敷いた。

「ごめん、あんまり綺麗とは言えないけど」

そう前置きしてから、ルカはマイアを上着の上に強引に座らせる。そして腰のベルトに固定した物入れから小さな瓶を取り出して差し出してきた。

「ゲイルが調合した魔術薬だ。魔力を回復させる効果がある。あんまり美味《おい》しくないけど飲めば少しマシになるはずだ」

「ありがとう」

中身は水薬《ポーション》らしい。瓶を受け取ったマイアは、蓋を開けるとまず匂いを嗅いでみた。青臭い。美味しくないと予告されていることもあって、つい眉をひそめてしまう。

「そこまで警戒しなくても大丈夫だよ」

目を細め、わずかに表情を和らげたルカの姿に少しだけほっとした。いつもの優しいルカが戻ってきた気がした。

マイアは思い切って瓶に口を付ける。

……確かに美味しくない。かといってまずい訳でもない。どう形容したらいいのかわからない不思議な味がした。

「どう？」

ルカに聞かれ、マイアは困惑しながら答えた。

「変わった味だね……」

「体調は？」

「少し頭痛は治まったかも」

マイアの答えにルカの顔にようやく笑みが浮かんだ。

「ルカ、助けに来てくれてありがとう」

一息つくと、マイアはまだちゃんとお礼を言っていなかったことを思い出した。感謝の気持ちを伝えると、何故かルカはバツが悪そうな顔をする。

「……本当はずっと近くにいたんだ」

「えっ」

「マイアに渡していた婚姻腕輪は、探知系の術式が組み込まれた魔道具で……だから、はぐれてすぐにマイアが悪い奴らに攫われたってわかった。でも『上』の命令で助けに行けなかった。怖い思いをさせてごめん」

ルカの発言に心臓が嫌な音を立てた。

「どういうこと……？」

「やっぱり不愉快だよな。無断で魔道具を渡したんだから……」

「それもだけど。ずっと近くにいたって……、『上』の命令って何？」

マイアの質問に、ルカは観念したような表情で目を閉じた。そして一つ大きな息をついてから口を開く。

「アストラの国境の街でも、キリクと同じように子供の誘拐事件が発生していたんだ。それに関連があるかもしれないから、売られる先を見極めろという命令が出た」

それを聞いた瞬間裏切られたような気持ちになった。

位置を把握するような魔道具をそれと知らされず渡されていたのは、マイアを逃がさないため、守るため、二重の意味があったのかもしれないけれど、信用していないと言われたにも等しい。

（ううん、こんなこと考えちゃ駄目だ）

結果的にその魔道具のおかげでマイアは助かった。

それにルカは隣国の国家機関に所属する諜報員だ。国からの命令に逆らえないのは当然である。

だから、信頼されていないとか、どうしてもっと早く助けてくれなかったのと考えて、こんな風に嫌な気持ちになるのは間違っている。

「……元々、魔蟲討伐に欠損を治すティアラ・トリンガムが現れたとき、エマリア・ルーシェンの禁術じゃないかって疑いは持っていたんだ。あの魔術は極めて強力な治癒力をもたらすけれど、同時にかけられた人間の精神にも作用する禁術だ。あの女の治療を受けた人間は、まるで信者みたいになっていたし……。マイアの行き先がトリンガム侯爵領だったから疑いは確信に変わった」

「伝説の大聖女が本当は魔女だったというのは、そちらの国では有名な話なの？」

マイアは警戒しながら尋ねた。

トリンガム侯爵の発言を思い出す。彼はアストラが隠蔽したのだと言っていた。

「そうだね。一部の魔術師の間では。俺やゲイルが知っていたのは、二人とも元々魔術研究所に縁があったからだ。ゲイルは元々研究者だったたし、俺も体質が特殊だから」

そこまで言うと、ルカは小さく息をついた。そしてもう一度マイアに向き直り、真剣な表情で謝罪する。

「本当にごめん。マイアが怒る気持ちはわかる。本当は俺だってすぐに助けに行きたかった」

「……怒ってないよ。こうして助けに来てくれただけで十分だと思ってる」

これは本心なのに、どうしよう、うまく表情が作れない。震える声で返事をすると。ルカは痛ましいものを見るような目をこちらに向けてきた。

その顔を見て、マイアの中のわだかまりが少しだけ和らぐ。

罪の意識を感じてくれているなら十分だ。ルカは少なくとも、マイアを搾取するばかりだった
この国の上層部《イルダーナ》とは違う。

「マイア、俺たちも国に仕える身だから、『上』の意向には逆らえなかったんだ。すまなかった」

少し離れた場所からゲイルが声をかけてきた。

「大丈夫です。ちゃんとわかっています。おじ様もありがとう」

マイアがそう返すと、ゲイルもルカと同じようにどこかバツの悪そうな表情をした。

「……体の具合は？」

ゲイルに尋ねられて、マイアは微笑みながら答える。

「そちらも大丈夫です。魔力を使いすぎただけなので少し休めば良くなります。聖女の自己回復力が高いのは、おじ様もご存知ですよね？」

「自己回復力が高かろうがしんどいのは変わらないだろ……」

そうつぶやくとゲイルはため息をついた。マイアは気まずくなってきたので、話題を変えようと試みる。

「侯爵の尋問はもう終わったんですか？」

トリンガム侯爵は、ゲイルの側で床に横たわり、意識を失っているように見えた。

「ああ。だから眠らせた」

ゲイルは短く答えると、ルカに向き直った。

「ルカ、悪いけど制御装置のここの魔術式と月晶石を壊してくれ。それが終わったらマイアを連れて

先に脱出しろ。後始末は俺がやっておく」

「結局エマリアの禁術だったのか？」

「ああ」

「出所は？」

「城の書庫に魔術書が眠っていたらしい。眉唾物《まゆつばもの》かと思いつつも試してみたら効果があって、侯爵も驚いたようだ」

「なんでそんなもんがこんなところに……」

「親族にエマリアの取り巻きがいたそうだ。手記が残っていて、魔女が捕縛される前に写本を持ち出したという記載があったと」

ゲイルの答えにルカは眉根を寄せた。

「なら、そいつも処分しないと」

「魔術書は侯爵の私室の中らしい。城内を移動するなら単独のほうが楽だ」

ゲイルとルカ、二人の間でどんどん話が進んでいく。

「後始末って……何をなさるつもりですか？」

マイアは思い切って二人の間に割り込んだ。

「この儀式魔術を解析できないように破壊して、エマリアの魔術書は燃やす。マイアにもわかるだろ？　この魔術は存在してはいけないものだ」

「それとマイアの存在の隠蔽工作だな」

二人から口々に答えが返ってきた。隠蔽という言葉にマイアは身を震わせる。

「隠蔽って……、《催眠暗示《ヒュプノティズム》》の魔術を使うって先程仰っていましたよね……？」

「そうだな。さっきも言ったが誘拐されてきた被害者に関しては後遺症が出ないよう細心の注意を払う。マイアのことを忘れてもらった上で、保護されるように手配するつもりだ」

精神操作系魔術は制御が難しい。ルカはゲイルの魔力制御力なら大丈夫だと言っていたが、マイアの中の不安な気持ちは消えなかった。

「具体的にどうするつもりですか？」

「《幻覚《イリュージョン》》の魔術による変装を併用して、城内の使用人に俺を侯爵だと認識するように仕向ける。その上で被害者を解放して警邏隊に引き渡す。警邏隊には既にこちらの仲間がマイアを攫った人身売買組織の連中を引き渡しているから、そっちと辻褄が合うような形で『処理』をする」

「人攫いたちを捕まえたんですか？」

「ああ。詳しい状況とかはわからないんだけど、こっちにいる俺たちの仲間に動いてもらった」

「そうですか……」

「連中はこれから法に則《のっと》って処罰されるはずだ。かなり厳しい処分になるだろうな。終身刑以上は間違いないと思う」

補足したのはゲイルだった。これでもう二度と誘拐される被害者は出ないのだ。マイアは、ほっと安堵の息をついた。

「被害者は、『隣国に売り飛ばされる直前で、領主であるトリンガム侯爵が助けた』という筋書きにするつもりだ。マイアには腹立たしいかもしれないが」

ゲイルはマイアを気遣ってか、そう告げながらこちらの様子を窺ってきた。

「……そういう風にするのが一番収まりがいいんですよね」

「そうだな」

「侯爵とその息子はどうするつもりですか……？」

「相応の報いは受けてもらう」

「それは一体どんな……」

「マイアが知る必要はない。マイアは優しいから知ってしまうと、きっと傷付く」

ルカが割り込んできた。

「俺も同じ意見だ。世の中には知らないほうがいいこともある」

それは二人の優しさなのかもしれない。だけどその意見にマイアが感じたのは疎外感だった。

「知りたいと思ってはいけませんか……？」

「……マイアには知る権利があるかもしれない。でも俺は、個人の感情として知ってもらいたくない」

はっきりとルカに言われて、マイアは目を見張った。

「…………」

沈黙が気まずい。

ややあって、先に根負けしたのはマイアだった。

「わかった。何も聞かない」

「ごめん」

ルカに謝られ、マイアはただ小さく首を横に振った。

◆　◆　◆

偽りの聖女を造りだした禁忌の魔術は、制御装置に埋め込まれた月晶石が壊れると力を失った。

月晶石を壊したのはルカの長剣の一撃だ。更にルカは制御装置に剣撃を加え、そこに刻まれた魔術式が判読不可能になるまでズタズタにする。

破壊に使った長剣は、ジェラルドが使っていたものだ。どうやら魔剣だったらしく、乱暴な扱いにもかかわらず剣身は刃こぼれ一つしていなかった。

ルカが元々持っていた剣は折れて、もう使い物にならない。この剣を拝借するらしく、ルカは長剣を鞘に納めると腰のベルトに固定した。そしてまだ座り込んだままのマイアの傍にやって来ると、その場に膝を突いて目線を合わせてくる。

「マイア、その首輪、見せてもらってもいい？」

「えっ、うん、どうぞ」

許可を出すと、ルカの顔がこれまでにないくらい近付いて来て胸が高鳴った。

ルカへの気持ちはキリクで拒絶されたときに吹っ切ったはずなのに。

こんな風に助けに来てくれたから。至近距離で見るルカの顔はやっぱり整っていて格好良かった。

「組み込まれてる術式が複雑すぎて俺では無理だな。後でゲイルに外してもらおう」

「おじ様なら外せる？」

「ゲイルは元々魔道具の研究者だし、細かい魔力制御が得意だからたぶん外せると思う」

言いながらルカはマイアから身を離した。それが少し名残惜しい。

ゲイルを含めた生存者の姿はここにはなかった。これは、既に彼が魔術を駆使して全員を外に連れ出したためだ。

ルカが制御装置を破壊している間、ゲイルは《幻覚《イリュージョン》》の魔術を使ってトリンガム侯爵に化けた。その変装はよくできていて、それだけで彼の技量の高さが窺えた。

侯爵に扮したゲイルは、入り口の私兵のところに向かい、順番に《催眠暗示《ヒュプノティズム》》をかけていった。入り口の私兵はどうやらルカの突入時に、ゲイルが《誘眠《スリープ》》の魔術をかけて眠らせていたらしい。

暗示が無事かかると、ゲイルは私兵たちに『侯爵』として命じて、意識のないネリー、ジェラルド、侯爵の三人を運ばせると、地下室を出て行った。

禁術の魔術書を処分し、マイアを知る全員の記憶を操作してからゲイルはこちらに合流する予定になっている。

ここは、トリンガム侯爵領の領都エスタにある侯爵家が所有する城らしい。

エスタは国境を守る防衛拠点として有名な大きな都市なので、アストラの国家諜報局の支部が置かれているそうだ。マイアとルカは一足先に脱出して、その支部に向かうことになっていた。

唯一の出入り口の傍には、事切れた子供たちが寝かされている。

彼らが死の神フェブルウスの御許《みもと》にて安らぎを得られるよう祈りを捧げると、マイアはルカと一緒に地下室を後にした。

◆◆◆

領都エスタにあるからエスタ城——そのままだが、この城はそう呼ばれているらしい。

市街地の北に位置する小高い丘の上に建てられた城塞は、元々国境を守るためにつくられた砦だったらしく、あちこちが入り組んでいて、まるで迷路のようになっていた。

ルカは地下室を出る前に、《生命探知《センス・ライフ》》の魔術を使った。

そのおかげでどうにか誰にも見つからずに建物の外には出られたのだが、城壁に空けられた弓射用の穴から見えた景色にマイアは気が遠くなった。

城のある丘の上から眼下に広がる市街地までは、城壁が何重にも取り囲んでおり、その地形もあいまって簡単には下りられない構造になっている。

地下室から外に出るまでの道のりで既に息が上がっており、ここから街までの距離を考えただけでうんざりした。体力のない、ひ弱な自分が情けない。

おまけに外は雪がちらついていて寒かった。思わず身を震わせると、ルカが自分の上着を脱いで、こちらに差し出してきた。

「駄目だよ。ルカが寒いよね」

断るとルカは首を横に振った。

「俺は大丈夫」

ルカは強引に上着をマイアの肩にかけてきた。上着には体温のぬくもりが残っていて、マイアは恥ずかしさにうつむきながら袖を通した。

するとルカは微笑み、背中をこちらに向けるとその場に跪《ひざまず》いた。

「マイア、乗って」

ルカの発言にマイアは大きく目を見開く。

「待って、私、疲れてるけど流石《さすが》に運んでもらうほどじゃないわ」

「そういう意味じゃない。ここからは壁を乗り越えていくから」

「は？」

ぽかんと呆気にとられたマイアに、ルカは服の袖をまくって右の手首にはめた腕輪を見せてきた。

「これは魔力の糸を出す魔道具なんだ。ここからはこれを使って壁を越えて街まで降りる。マイアに糸を伝ってよじ登る腕力はないよね？」

「……ごめんなさい、ちょっと何を言っているのかわからない」

「そうだよね。ごめん、説明不足だった」

マイアの返事にルカは苦笑いした。

「見ての通り、ここから丘の下の市街地までは、城壁のせいで迷路みたいになってる。それなら壁を越えて最短距離で移動するのが手っ取り早いし人にも見つからない。俺に密着するのは嫌かもしれないけど、ちょっとの間我慢して欲しい」

「えっと……嫌じゃない、よ。ただ、ちょっと恥ずかしい……」

顔が熱い。きっと赤くなっている。そんなマイアに引き摺られてか、ルカもほのかに顔を赤く染めた。

「俺だって恥ずかしいよ。結構汗とかかいてるのに女の子と引っ付くなんて」

ここで恥じらうのは卑怯である。可愛らしい系統の顔立ちのせいであざとさすら感じる。

「あ、魔術で綺麗にすればいいのか」

「そ、そこまでしなくていいよ！　街に着くまで魔力は温存したほうがいいと思う……」

マイアは慌てて手を振った。そして腹を括るとルカの背後に回る。

「ごめんルカ。こんな議論してる場合じゃなかった」

「こっちこそ汗臭かったらごめん」

「そ、そんなことないよ」

むしろ、いい匂いがする。格好いいだけじゃなくていい匂いもするなんて反則だ。

初めて出会ったときから、ルカに近付くとこの匂いがした。香水を使っている気配はなかったから、このどこか爽やかな匂いはルカ自身の匂いなのだろう。

おずおずと首に腕を回すと、ルカはしっかりとした手つきでマイアの体を持ち上げた。

目の前にルカの頭が来てつむじが見える。細身に見えても男の人だ。肩幅も背中も想像していたよりもずっと大きくて、マイアは男女の体格差を実感した。

「重くない？」

「全然重くないよ。身体強化魔術の発動中だし」

ルカがこちらを見た。頭が動いてふわふわの髪の毛がマイアの顔に触れた。

「なるべく怖くないようゆっくり行くけど、舌を噛まないように気を付けて欲しい」

「うん……」

「右手を外すからしっかり掴まってて」

前置きしてからルカは右手を外し、左手一本でマイアを支えた。少し不安定になったので、マイアは慌ててルカにしがみついた。

背中の筋肉の感触が伝わってきてドキドキする。

ルカは右手を真っ直ぐ上に掲げると、魔道具の腕輪に魔力を流した。すると金色の糸が腕輪から飛び出して、城壁の上のほうへと真っ直ぐに伸びていく。

糸の強度を確認するように、ルカはくいっと右手を引いた。そして問題ないと判断したのか、その場に屈み込む。

「跳ぶよ」

前置きしてからルカは地面を蹴った。

「きゃ……」

予告されていたのに悲鳴が漏れかけて、マイアは慌てて口を噤《つぐ》んだ。唇を噛み、目をぎゅっと閉じ

て声を出さないための努力をする。

一瞬の浮遊感の後に着地のものと思われる振動が伝わってきて、ようやくマイアは目を開けた。

「大丈夫？」

「うん。ちょっとびっくりした」

こちらの様子を確認してくれるルカは相変わらず紳士的だ。

「一回降ろそうか？」

「ううん、そのまま行って。どんな感じかはわかったから」

「本当に平気？」

「うん」

マイアはルカの首に回した手に力を込めた。

「辛くなったら教えて」

「うん。ありがとう。ルカは優しいね」

やっぱり、すき。

それを思い知らされ、マイアはこっそりとため息をついた。

二度、三度と跳躍を繰り返すうちに、上下移動の独特の浮遊感に慣れてきて、マイアは目が開けられるようになった。そしてルカの身体能力の異様な高さを実感する。

城壁や木の幹に撃ち込んだ魔力の糸を巧みに操り、壁も崖もお構いなしに乗り越えていく姿は軽業師のようだ。

城がある丘の上からの景色は綺麗で、動きに慣れてきたら爽快感を覚えた。

触れたところから伝わってくるルカの熱が愛おしくて、このまま時が止まればいいのにと思う。

マイアはこっそりとルカの髪に顔を寄せた。ルカの髪は見た目通り細くて柔らかい。

「すごいね。空を飛んでるみたい」

「《飛行《フライト》》の魔術が使えたらもっと楽に逃げられたんだけどね」

「使えないの？」

「一応習得はしてるけど、適正的に魔力消費が馬鹿にならないんだ。見兼ねたゲイルがこの魔道具を作ってくれた」

会話を交わしている間にも、どんどん市街地が近付いてくる。

最後の城壁を乗り越えたらルカの背中から降りなくてはいけない。それが名残惜しかった。

五章　偽りの聖女

（お兄様もお父様も一体何をしているのかしら）

ティアラは常に身に着けている手袋を外すと、むきだしになった右手の甲を見つめて眉をひそめた。

そこには魔術式の刻印が刺青として刻まれている。これは、エスタ城の地下に敷かれたエマリア・ルーシェンの治癒魔術術式とティアラを繋げるためのものだ。

刻印を直接確認したかったから、常に側に控える侍女は追い払った。

この魔術は誰にも秘密だ。人間の血液を奇跡の治癒魔力に変換する魔術は禁術に分類される。人に知られたらトリンガム侯爵家といえども、ただでは済まない。

（ちょっと血を提供してもらうだけなのに）

ティアラは刻印を見つめながら小さく息をついた。

欠損すら癒す夢のようなこの魔力は、子供の頃、火災に巻き込まれて失った両足と焼け爛れた肌を修復しただけでなく、伝説の大聖女の再来だという周囲の尊敬もティアラにもたらしてくれた。

元々ティアラは魔力保持者ではなかった。しかし、父が儀式魔術を発動させたときからティアラの瞳は金色を帯び始めた。どうやら儀式魔術から流れてくる魔力が、ティアラ自身の魔力器官にも影響を及ぼしたらしい。

そこで魔力値を測定したところ、ティアラは父を超える数値を叩き出した。

だが、父や兄と一緒にその後様々な検証を繰り返した結果、この魔力は儀式魔術に捧げた人間の血液の質と量によって変動することがわかった。

伝説の大聖女の力を手に入れて、醜い怪我が治ったら、次は人生を一緒に歩むパートナーが欲しくなった。そこで頭の中に浮かんだのは第二王子のアベルの姿だ。

トリンガム侯爵家は王家の遠縁にあたるので、アベルとティアラは幼い頃から面識があった。金髪の端正な容貌の王子様は、子供の頃のティアラの憧れだった。

ティアラは父におねだりして、アベルの妃候補になるための根回しをしてもらった。

本当はこんな討伐遠征になんて参加したくなかった。

魔蟲が棲むホットスポットの中は怖いし、首都の邸やエスタ城の中と比べると不便で仕方がない。

しかし、アベルの妃になるためには、聖女としての実績を積んで現在の最有力の王子妃候補である次席聖女、マイア・モーランドを超えなければいけないと父から言われたので、渋々重い腰を上げたのである。

ただ、奇跡の治癒魔力を兵士たちに披露して、ちやほやされるのは悪くなかった。

誰もがティアラを好きになってくれて、エマリアの再来と持ち上げてくれる。ティアラの承認欲求はこれまでにないほどに満たされた。ティアラは嬉しくて仕方なくて張り切って沢山の人を治療した。

だけど困ったことに、今日はなかなか使い切った魔力が補充されない。

（早くマイア・モーランドの血を地下の儀式魔術に捧げてもらわないと困るわ。お父様は何を手間

取っていらっしゃるのかしら）

ティアラは小さくため息をついた。

これまでにないくらい強力な魔力が体の中に流れ込んできたのは二日前のことだ。

何が起こったのかと疑問に思い、通信用の魔道具を使い父に連絡を取ったら、血液の供給者としてマイア・モーランドを手に入れたのだという。

ダグラスたちを唆《そそのか》し殺害して土に埋めたはずのマイアが、どういう経緯でそうなったのかティアラにはさっぱりわからなかった。しかしなぜ今彼女がトリンガム侯爵領にいるのかは、あまり深く考えないことにした。元々頭を使うのは得意ではないのだ。重要なのは、彼女の血液が他の誰のものよりも上質な治癒魔力に変換されるという事実である。

それを知った今は、安易に排除しようとしたのは申し訳なかったと思う。最初に利用価値があるとわかっていたら、消すのではなく秘密裏に捕まえて領地に送った。

（でも、きっと許してくれるわよね）

卑しい平民の孤児の娘がティアラの役に立てるのだ。相応の待遇も用意するという話だし、今は怒っていてもいずれはティアラを許してくれるはずだ。

もし許してくれなかったときはティアラの魔力を流せばいい。そうすればマイアも他の皆と同じようにティアラを好きになってくれるはずだ。

ティアラは手の甲の刻印を眺めるのをやめると、常に携帯している懐中時計を取り出して時刻を確認した。

時計は八時を指している。そろそろ救護用の天幕に移動しないといけない時刻だが、今のままでは魔力が足りないから行けない。

どれだけの治癒魔力が蓄えられているかは刻印の色合いでわかる。満たされていれば金色に光るし、欠乏すれば黒ずんでいく。今の刻印の色はほぼ黒に近い。この状態だと、軽症の患者を一人か二人癒しただけで魔力が空《から》になりそうだ。

今日が満月であることを考えるとまずい状況である。魔術師も聖女もこの日は最も魔力が高くなるのに、少し癒しただけで魔力が尽きたら怪しまれてしまう。

（お父様に連絡を取るしかないわね……）

ティアラは再びため息をつくと、通信用の魔道具を取りに行くために立ち上がった。

ティアラ付《づ》きの侍女のアニスが天幕の外から声をかけてきたのはそのときである。

「あの、ティアラお嬢様、ダグラス卿がいらっしゃって外でお待ちなのですが……」

どうやらティアラがなかなか自分の天幕から出てこないから、待ちくたびれて迎えに来たらしい。

マイアの側近だったダグラス・ショーカーは、今はティアラに心酔して熱烈な取り巻きとなっている。

「少し遅れると伝えて。父から連絡が入っているの」

ティアラは時間を稼ぐために平然と嘘をついた。すると、「かしこまりました」という応答が返ってくる。

そしてティアラは通信用の魔道具に手を伸ばそうとし――。

「いっ……」

突然右手の甲に酷い激痛が走った。

何事かと思って確認すると、刻印からバチバチと火花のようなものが発生している。

(何……？)

原因を探ろうとする思考は次の瞬間途切れた。あまりの痛みにそれどころではなくなったせいだ。

「うっ、ああああああ！」

刻印から金色の光がほとばしり、火花を散らしながらティアラの全身を襲った。

痛むのは右手の甲だけではない。光に包み込まれた全身が痛くて痛くてたまらない。

痛い。痛い痛い痛い痛い痛い――!!

「お嬢様!?」

ティアラの悲鳴を聞きつけたのだろう。アニスが天幕の中に飛び込んできた。

そして蹲って苦しむティアラの姿を見て、劈《つんざ》くような金切り声を上げる。

「何事だ！」

「ティアラ様、ご無事ですか!?」

引き続いてバタバタと何人もの人間が天幕内に駆け込んできた。父が付けてくれた護衛たちとダグラスだ。

「う……」

少しずつ刻印からほとばしる光が収まってきた。そして全身を苛《さいな》んだ苦痛も和らいでいく。

「ひっ！」

ティアラを見たアニスが再び悲鳴を上げた。

「お嬢様、お顔が……お体も……」

（かお？　からだ？）

どうしてティアラを凝視して小刻みに震えるのだろう。眉をひそめながらティアラは自分の顔に触れた。そしてギョッとする。

今までに感じたことのないガサガサとした感触がした。いや、それだけではなくて肌の表面がやけにでこぼこしている。

次に自分の手を見たティアラは愕然とした。

黒ずんで血管が浮き上がっている。それだけでなく皺だらけだった。まるで老人の手である。

いや、変化したのは手や顔だけではない。視界の中にある耳横の後れ毛。その色合いが、透明感のある白金から白に変化していた。

「何、これ……」

その髪を摘まみ、ティアラは呆然とつぶやいた。

「かがみを……鏡を持ってきて！」

「は、はいっ！」

ティアラの命令にアニスははっと我に返ったのか、バタバタと天幕内を走り、手鏡を持ってきた。

そして鏡を覗き込んだティアラは大きく目を見開いた。

鏡の中に映っていたのは、醜い白髪の老婆だった。

◆　◆　◆

ティアラ・トリンガムの天幕に呼び出された宮廷魔術師のジェイルは、目の前に現れた聖女の制服を着た老婆の姿に目を見張った。

「ジェイル卿、ティアラ嬢には何かの魔術がかけられた疑いがある。調査を頼みたい」

発言したのは老婆の傍に控えていたアベル王子だ。彼は指揮官として朝早くから魔蟲狩りに出ていたはずだが、この事態に呼び戻されたらしい。

天幕の中は人払いがされていて、老婆とアベル、そしてアニスというティアラ付きの侍女だけがいた。

「この方がティアラ様だと……？」

ジェイルはまじまじと老婆を観察した。

白い髪、深く皺が刻まれた顔、体は枯れ木のように痩せ細り、その姿からは人形のように整った美貌の女性の面影はない。また、ティアラの瞳は魔力保持者特有の青金だったが、老婆の落ち窪んだ眼《がん》窩《か》にあるのは、ただの青い瞳だった。

「つい先程この中から悲鳴が聞こえて……駆け付けたらティアラ様の右手にある変な模様から金色の

光が出ていたんです。きっと呪いをかけられたんだわ！　お願いしますジェイル様、どうかティアラ様を助けて差し上げてください」

侍女がジェイルに縋り付いてきた。

「……右手を拝見してもよろしいですか？」

老婆は暗い表情で黙り込んだまま、血管がくっきりと浮かび上がった皺まみれの手をこちらに向かって差し出してきた。

手の甲には魔術式が黒い染料で刻み込まれている。

（移す……発動権限、魔力……）

ジェイルはその術式を解読すると眉をひそめた。

（これは……他者が発動させた魔術の発動権限及び魔力を『移す』ための術式か……？）

だがそれはジェイルの知識では禁忌に位置付けられる魔術である。

どんな生き物でも魔力を持って生まれてくるが、個々の魔力には波長とでも言うべき個性があり、他者の魔力を体内に流されると耐え難い苦痛になるというのが常識だ。たとえそれが波長の近い近親者の魔力であっても、苦痛が多少緩和されるというだけで不快感そのものがなくなることはない。

（苦痛は麻痺の術式で抑えているのか。……としても、流し込まれる魔術の魔力が大きければ体の中の魔力器官がズタズタになるはずなんだが）

魔力器官の許容量を超える他人の魔力は凶器になる。だから魔術師ではない普通の人間に魔力を移したり、魔術の発動権限を譲ったりすることは普通できない。

（いや、聖女の魔力なら例外的にいけるか……？）

聖女の持つ治癒の魔力は、普通の魔力保持者の魔力とは性質が違う。他者に流したときに良い方向に働く唯一無二の魔力である。

……と、考えたところで一つの仮説が閃いた。

ティアラ・トリンガムの魔力は異質だった。欠損の再生は普通の聖女にはできない。それは歴史上でも伝説の大聖女、エマリア・ルーシェンだけが示した奇跡の力だ。

魔力を流されたときの感覚もおかしかった。聖女の魔力は心地よいはずなのに。ジェイルはティアラの魔力を流し込まれたときのおぞましい違和感と、精神が侵食されかけたのを思い出す。

そもそもティアラは彗星のように突如現れた。マイア・モーランドのように、一〇代を過ぎてから魔力器官が急発達する例は有り得ない話ではないが極めて稀だ。ティアラが過去に瀕死の重傷を負ったことは有名だから、てっきりそれが覚醒のきっかけになったのだと思っていたが……。

「そんなに深刻な魔術なのか？」

アベルに尋ねられ、ジェイルは、はっと思索の海から現実に引き戻された。

「いえ……」

ジェイルは慌てて取り繕うと、老婆の右手から手を離した。

ティアラの異常な治癒魔力は、外的要因――恐らくは禁術に相当する魔術により後天的に付与されたものの可能性が高い。これが現在判明している各要素を分析してジェイルが導き出した仮説だった。

強力な魔術には相応の代償が必要となる。目の前の老婆がティアラだとしたら、なんらかの要因で強力な治癒魔力をもたらす禁術との繋がりが絶たれ、代償を支払う羽目になったのではないだろうか。

「殿下、試してみたい魔術がございます。使ってみてもよろしいでしょうか」

「私を治す方法があるんですか⁉」

アベルよりも先に反応したのは老婆だった。縋り付くようにジェイルを上目遣いで見上げてくる。

どこか夢見るような潤んだ眼差しに、ああ、この老婆はティアラなのだと確信する。

怪しげな魔術に手を出したという罪の意識や後ろめたさの類が一切感じられない無垢な瞳は、まるで幼い子供のようだ。

ティアラの父であるトリンガム侯爵は、この国では数少ない魔術師のうちの一人だ。ティアラを聖女に仕立て上げた魔術は、十中八九トリンガム侯爵が施したものだろう。

禁術に手を出したことが露見すれば、国境の番人と呼ばれる名門といえどもただでは済まないのに、なぜ表舞台にティアラを出す気になったのだろう。これまでの言動を見てきた限り、彼女は考えが甘くて浅はかだ。

老婆は期待に満ち溢れた表情をジェイルに向けてくる。

その顔にわずかな罪悪感を抱きながらも、ジェイルは魔術筆《クイル》を取り出して空中に魔術式を構築した。

これは《解呪《ディスペル》》。様々な魔術を打ち消す魔術だ。そこに使ってもいい魔力量を計算しながら展開範囲を追加する。

今日は満月、魔力が最も満ちる時期ではあるが、言い換えれば魔蟲が活性化する時期でもある。

最近の寒さでかなり動きが鈍っているとはいえ、結界はいつもよりも強固に維持しておかなければいけない。だから結界の維持管理用の魔力は温存し、それ以外の魔力を全てこの《解呪《ディスペル》》に注ぎ込むつもりだった。

術式が完成したので魔力を流し込む。正気に戻れ。そう願いながら。

精神に作用する魔術は時に人の心を壊す。だからこれは賭けだ。《解呪《ディスペル》》が成功したとしても、もしかしたら何かの影響が残る恐れは十分にある。ジェイルは一抹の不安を抱えつつも術式を発動させた。

天幕の中が黄金の光で満たされる。そして、光が収束したとき――。

「私は……今まで何を……」

額を押さえ、アベルは呆然とつぶやいた。

「今の魔術は何？　何も変わっていないわ」

ティアラの問いかけは無視し、ジェイルはアベルの様子を窺った。

視界の端にちらりと見える侍女も、アベルと似たような表情で呆然と立ち尽くしている。

「ご気分はいかがですか、殿下」

「……正直混乱して何がなんだか」

「ゆっくり思考を整理してください。落ち着かれましたらご報告したいことがございます」

「殿下、大丈夫ですか？　この魔術師に変な魔術を使われたのでは……」

気遣わしげに声をかけたティアラをアベルは冷たく一瞥する。

「私に妙な魔術をかけたのはティアラ嬢、あなたのほうでは？」

「えっ……」

アベルの発言に、ジェイルは《解呪《ディスペル》》の魔術がうまく作用したことを悟って、ほっと安堵の息をついた。


――そして、偽りの聖女が暴かれる。

◆　◆　◆

イルダーナ王国歴三七四年――。

この年の冬に行われた陸軍第一部隊による討伐遠征は、前代未聞の結果となった。

まず前期のフェルン樹海への遠征時に、希少な聖女の一人であるマイア・モーランドが失踪した。同時に第一部隊に所属する騎士、ラーイ・イェーガーも姿を消していたことから、駆け落ちが疑われ、大規模な捜索が行われた。

月齢的に滞在ができるぎりぎりまで森に留まり捜索したものの、残念ながら二人とも見つからず、部隊は一旦近隣の都市に引き上げることになった。

この時点で遠征を取りやめて首都に戻るという選択肢もあったが、たまたま例外的に聖女見習いとして遠征に中途参加していたティアラ・トリンガムの存在があったため、部隊は後期の目的地であるヴィアナ火山へと向かった。

しかしその途中で、突如ティアラが癒しの能力を喪《うしな》ったばかりか、老婆の姿へと変わってしまった。聖女なしで続行できるほど魔蟲の討伐は簡単な任務ではない。陸軍第一部隊はヴィアナ火山からの撤退を余儀なくされた。

事の顛末を取りまとめた報告書には、下山するまでの間に出た、決して少なくない死傷者の数もあわせて記載されている。

イルダーナ王国国王、イーダル三世は、報告書を目の前の執務机に放り投げると眉間をもみほぐした。

『トリンガム事件』と名付けられた一連の事案の発生からおよそ三か月が経過しているが、次々と頭の痛くなるような事実が判明している状態である。

(何故こんなことに……)

心の中でつぶやいてからイーダルは自嘲する。この事態は、そもそもトリンガム侯爵からの圧力に負けて、ティアラ・トリンガムの遠征への中途参加を許した自分にも責任の一端がある。

――今思えば五年前、ティアラ・トリンガムが聖女の魔力に目覚めたという報告を受けたときに、もう少し侯爵家の内情を調査させるべきだった。

魔力器官が大きく発達するのは一般的には三、四歳の頃である。マイア・モーランドのように一〇歳を過ぎて大きく発達することは稀だが、ティアラには死の淵から生還したという過去があった。

首都のトリンガム侯爵家のタウンハウスで七年前、大きな火災が発生した事件は有名だ。当時の記憶があったため、ティアラが聖女の能力に目覚めたとの報告を受けたときには、大怪我を原因とする魔力器官の急発達だと不審に思わなかった。

また、トリンガム侯爵家は何人もの高名な魔力保持者を輩出してきた家柄で、ティアラの祖母にあたる人物がフライアの二代前の主席聖女だった。だからティアラが聖女として目覚めたのは、遺伝によるものだと簡単に納得してしまった。

欠損の再生すら可能な治癒魔力も、名門の血統が生み出したものだと思い、隣国の大聖女、エマリア・ルーシェンの再来だと喜んだのに――。

（まさか奇跡の治癒魔力が禁術によるものだったとは……）

イーダルは憎々しげに報告書を睨みつけた。

ティアラ・トリンガムの治癒魔力には、《魅了《チャーム》》の魔術に近い付加的な効果があったらしく、ベースキャンプは彼女の魔力に汚染された信者だらけになっていたそうだ。

兵士たちを正気に戻したのは、遠征に同行していた宮廷魔術師のジェイル・ルースティンだ。ジェイルは下級貴族の出身ながら宮廷魔術師団長に次ぐ魔力の持ち主なので、唯一ティアラに抵抗ができたようだ。

これは平民出身のフライア王妃やマイアにも共通するが、天性の才能は血統管理による近親婚を繰り返してきた王侯貴族とは全く無関係の場所から現れるのだから不思議である。

恐らくフライアやマイアの祖先には優秀な魔術師がいたのだろう。平民から唐突に現れる魔力保持者の中には、時に極めて強力な魔力を持って生まれてくる者が登場する。優れた魔術研究者として名を馳せる隣国アストラのナルセス・エナンドも確か出自は平民だったはずだ。

もしジェイルが遠征に帯同していなかったら部隊の被害は更に広がったかもしれない。

突如ティアラが力を失い老婆に変わった後、討伐遠征部隊には激震が走った。

指揮官のアベルを含め、主要な軍人はティアラによって魅了されていたのだが、その精神汚染とも言える状態から唐突に正気に戻ったのである。混乱状態に陥って当然だ。

この時点でティアラを尋問した結果判明したのは、ティアラがトリンガム侯爵のなんらかの魔術によって造り出された人為的な聖女だったということだ。

そして、ティアラが力を失った日の夜、ベースキャンプでは一名の自殺者が出た。

その自殺者——ダグラス・ショーカーは遺書を残しており、そこには、ティアラにそそのかされてマイアとラーイを手にかけたこと、自分でもなぜそのようなことをしたのかわからないこと、そして殺害した二人と家族に対する贖罪が切々と綴られていた。

また、遺書には共犯者として三名の兵士の名が挙げられていた。

その三名は即座に捕縛され、厳しい取り調べが行われた。事が事だけに精神操作系魔術を併用することになったが同情の余地はない。連中の自白はダグラスの遺書を裏付けるものだったので、改めてフェルン樹海ではマイアとラーイの遺体の捜索が行われた。

捜索の結果、ラーイ・イェーガーの遺体は証言通りの場所から見つかったが、マイア・モーランドは付近をくまなく捜しても見つからなかった。

イーダルは報告書に向ける視線をマイア捜索中の死傷者リストへと移す。

死者五名、行方不明者二名、重傷者二名、他軽傷者多数――。

マイアの遺体が出てこなかったため、その行方不明者の部分が問題視された。

行方不明者の一名は新兵で、捜索中魔蟲の不意討ちを食らい、大怪我したところを連れ去られたらしい。死亡したと推定されるが、遺体の回収ができなかったため行方不明者に分類された。

問題はもう一人の行方不明者のほうである。そこにはルクス・ティレルという傭兵の名前が記載されていた。

伝統的に王族が率いる陸軍第一部隊は精鋭揃いである。その討伐遠征に招聘《しょうへい》される魔蟲狩りを専門とする傭兵は、全員が高い実績を持つ腕利きだ。

聖女失踪の混乱状態にあったせいかもしれないが、彼がどのような経緯で行方不明になったのかの情報は一切なかった。

マイアはこの男に助けられてどこぞに出奔したのではないか。捜索はその可能性も視野に入れて行われることになった。

残念だがマイアが部隊から逃げる理由はいくつも思い当たった。

自殺したダグラス・ショーカーはマイアにとっては護衛兼衛生兵として、ずっと側近くにいた人物だ。

そんな人物の裏切りの背後にトリンガム侯爵家の令嬢がいたのだ。身の危険を感じたマイアが姿をくらませてもおかしくない。また、マイアと娶《めあわ》せる予定だったアベルとの関係も決して良好とは言えない状態だった。

アベル自身はマイアを気に入っていたが、自分の息子ながら表情筋が死滅している男だ。しかも不甲斐ないことにその好意が空回っているのが見受けられた。

平民のマイアにとって、上流階級との縁談が苦痛だったであろうことは想像できる。

イーダルが妻として迎えたフライアも元は平民の商家の出身で、王族としての暮らしに馴染むまでは苦労の連続だった。

それを知っているからこそ、イーダルはフライアとともに城内でマイアが過ごしやすいよう心を砕いてきたつもりだった。

余計な外戚の介入を避けるために平民のまま留めおいたのが今となっては悔やまれる。トリンガム侯爵家に匹敵する家柄の貴族の養子にしておけば、もしかしたら戻ってきてティアラを糾弾する気になってくれたかもしれない。

マイアの生死について、更にくまなく調べるように指示は出したものの、これまでに有力な情報は上がっていなかった。

そしてこの調査結果を、イーダルはまだアベルに伝えられないでいる。

なお、そのアベルは帰還してから現在に至るまで、城内の自室にて謹慎処分という名の軟禁状態に置かれていた。

マイアの死だけでなく、ティアラに操られていたことがよほど堪《こた》えたらしく、ずっと祈りと懺悔《ざんげ》の日々を過ごしているようだ。

アベルには申し訳ないが、目に見える形での責任を取ってもらわなければいけないだろう。責任はイーダルにもあるだけに、それを思うと苦いものがこみ上げてきた。

難航しているのはマイアの捜索だけではない。ティアラを聖女に仕立てあげた魔術についての調査もだった。これは、トリンガム侯爵領に人をやったところ、侯爵もその後継者たるジェラルドも正気を失っており、まともな証言が取れる状態ではなくなっていたためだ。

大規模な儀式魔術の痕跡が城の地下で見つかったが、こちらも魔術の核と思われる部分が破壊されており、再現不可能な状態になっていた。

ただ、城内をくまなく捜索した結果、侯爵の書斎の隠し金庫から手記が出てきた。

そこには、地下の儀式魔術が隣国の伝説の大聖女、エマリア・ルーシェンを産み出した魔術であること、そして、その魔術が、大量の人間の血液を必要とする非道な禁術であったということが記載されていた。それも、魔力の高い人間や幼い子供の血液のほうが、より品質がいいと書かれていたのだから罪深い。

金庫の中には、手記と一緒に、血液の供給源として調達した人間の購入金額と年齢を記入した帳面が入っていた。そこから読み取れたのは、侯爵と裏社会の人身売買組織との繋がりだ。

手記と帳面を基に改めて城内を捜索すると、別の地下室の壁の中から大量の人骨が出てきた。血液の取りすぎや儀式魔術からの魔力の干渉が原因で命を落とした人々を、侯爵はどうも定期的に漆喰《しっくい》に塗りこめて隠していたようだ。

侯爵とジェラルドの二人、そして城内の侯爵一家に近い上級の使用人からは、精神操作系魔術の痕跡が確認された。また、地下の儀式魔術にしても、的確に核になる部分が破壊されていたので、この件には腕利きの魔術師が関わっていると推測された。

この国の魔術師は数が少なく、素養を持つ者は幼いうちから国に保護され、宮廷魔術師として召し抱えられると決まっているから、その正体は異国の魔術師である可能性が高い。

どこの魔術師かを考えたとき、真っ先に浮上したのは隣の魔術大国、アストラ星皇国だ。

隠し金庫から見つかった帳面には、アストラ出身の子供の購入記録があった。また、手記にはアストラ人の血液のほうが、より治癒魔力への変換効率が良かったと記されていた。

アストラに手を出してはいけない。それはこの大陸に存在する各国家共通の認識である。

魔術大国であるアストラは、領土欲を示さず防衛に徹している国家である。かつては主戦力の魔術師の戦力が月齢に縛られるためと言われていたが、魔道具が発達した現代ではある程度月齢による弱体化は補填できるはずなので、沈黙を守り続けているのは一種不気味ですらあった。

ただ、かの国に手を出した場合、まず間違いなく手痛い報復を食らう。アストラ側がトリンガム侯爵家による国民の誘拐を把握していたらとしたら——魔術師を派遣したとしてもおかしくない。

更に詳しく調査を進めると、魔術師の関与の痕跡はそこだけに留まらなかった。

ティアラ・トリンガムが力を失った一一月の満月の前後、領都エスタの警邏《けいら》隊には人身売買組織の構成員と見られる犯罪者と、そこから救出されたという子供を中心とした市民が複数人引き渡されていた。

奇妙なのは、この件に関わった全員が、犯罪者を捕らえたのは領主であるトリンガム侯爵だと認識していたことだ。

また、城内の使用人の認識は更におかしくなっていた。

警邏隊に犯罪者を引き渡した後、トリンガム侯爵とジェラルドは、揃って性質《たち》の悪い風邪にかかり療養していると思い込んでいたのである。

実際この二人は、それぞれの寝室で横たわっている姿で発見された。ただし、目の焦点が合わず、意味の取れない言葉を宙に向かってぶつぶつとつぶやく状態だった。

それなのに、こちらの調査隊が到着し、同行していた魔術師が《解呪《ディスペル》》の魔術を使うまで、城内の人間は何も疑問に思っていなかったそうだ。

この親子には、情け容赦のない強度での精神操作系魔術がかけられていた。他の者には後遺症が出ない程度にとどめられていたのと比較すると、相当な技量を持った魔術師が介入したと考えられる。

全ての状況を総合すると隣国の報復が連想された。今のところ隣国は沈黙を守っているが、それは当然とも言えた。こちらの貴族を手にかけているのだ。下手な表明は外交問題になる。

イーダルは深く息をつくと、報告書に再び向き直った。

街の警邏隊に引き渡されていた被害者の市民のうち、身元のはっきりしている者は既に元の生活に戻っている。身寄りのない者は、首都の然《しか》るべき福祉施設に収容した。

また、被害者の中に紛れていた二名の貴族の子供――ネリー・セネットとアイク・ブレイディについては、しばらくの間首都のタウンハウスで過ごすよう要請した。そこには、今後の経過を観察することで、正体不明の魔術師について何かがわかるかもしれないという思惑がある。

トリンガム侯爵家の面々の証言がほとんど取れない状態なのが痛い。首都に護送される途中でティアラ・トリンガムも心の均衡を崩してしまっており、意味不明の金切り声を上げる老婆へと成り下がっていた。

一連の事件の処理が終わった後の彼女の処遇は既に決まっている。禁忌の儀式魔術を受けた希少なサンプルだ。魔術塔《マギア・トゥルリス》の研究者たちが興味を示しているので、今後の魔術の発展のために大いに協力してもらう予定だった。

◆◆◆

「よく来たわね、ネリー。こちらにおかけなさい」

応接室に入ったネリー・セネットに真っ先に声をかけてきたのは母だった。

ここはセネット伯爵家が首都に所有するタウンハウスだ。

三か月前、保養地のキリクにて大地母神テルースの祝祭に参加していたネリーは、口うるさい使用人を撒いて逃げ出し、一人で祭りを楽しんでいたところ、人身売買組織に目を付けられて誘拐された。人身売買組織は、生贄を必要とする禁術に手を出したトリンガム侯爵の依頼を受けて、あちこちで子供を攫っていた。その禁術は侯爵の娘であるティアラ・トリンガムに、聖女の魔力を与えるための魔術だったらしい。

そのままだと命が危なかったが、トリンガム侯爵は手を出してはいけない場所——アストラ星皇国の人間に手を出しており、かの国の魔術師と思われる人物から報復を受けたそうだ。

そのおかげでネリーは無事救出され親元に返されたのだが、『トリンガム事件』と名付けられた一連の騒動に図らずも関わってしまったため、首都に留めおかれていた。

偽聖女、ティアラ・トリンガムは禁術で手に入れた治癒魔力を利用し、第二王子アベルの妃の座を狙って、有力な王子妃候補だった次席聖女マイア・モーランドを排斥しようと企てた。

セネット伯爵家にとってマイアは恩人である。死病を患ったネリーの祖父を、亡くなるまで治療してくれたのがマイアだった。

直接言葉を交わしたことはないが、歳を取り、世話が大変な老人になった祖父を献身的に診てくれたマイアはネリーにとって尊敬の対象だった。だからティアラの所業を聞いたときは猛烈に腹が立った。

マイアはティアラによって害され、いまだに遺体が見つかっておらず行方不明の状態だと聞いている。

沢山の人々の生き血を搾り取っていたことといい、トリンガム侯爵家の連中はとんでもない極悪人揃いだ。


ネリーは犯罪者たちへの怒りを振り払うために小さく息をつくと、母の隣へと腰を下ろした。

応接室のテーブルには、他に二人の男性がついている。官僚のグローサー宮中伯と宮廷魔術師のジェイルという人物だ。どちらもちょっと怖い顔のおじさんなので目の前にすると緊張する。

「いかがですか？　ネリー嬢、その後何か思い出しましたか？」

グローサー宮中伯に尋ねられ、ネリーは首を横に振った。

「いいえ。申し訳ございません」

「そうですか。ネリー嬢、お気を悪くしないでください。これは一応この事件に関わった全員に確認していることになりますので」

グローサー宮中伯は眉を下げると軽く肩をすくめた。すると強面《こわもて》の印象が少しだけ和らぐ。

彼は『トリンガム事件』の捜査を取り仕切る監察官だ。

監察官は国家監察院という国の機関に所属する官僚で、地方領主の不正・違法行為の調査と取り締まりを職責としている。そのため領主貴族には煙たがられ恐れられる存在だった。

宮中伯は、この国では高級官僚に与えられる爵位だ。中央の高級官僚は、下手な地方領主よりも影響力を持っている。

ネリーの斜向《はす》かいに座るジェイルは、宮廷魔術師という立場からこの件の捜査に携わっている。

その彼によると、トリンガム侯爵領でこの事件に関わった人間全員に、精神操作系魔術をかけられた痕跡があるそうだ。ネリーにもその痕跡があるらしいが、生憎そんな自覚はない。

しかし、トリンガム侯爵のところからネリーを救出してくれた誰かがいるのは明らかなので、きっとジェイルの言い分が正しいのだろう。

自分に偽の記憶を植え付けた誰かが存在すると思ったら、ぞっとした。

「あの……私、大丈夫なんでしょうか？」

おずおずと尋ねたネリーに答えたのはジェイルだった。

「以前も申し上げましたが、お嬢様の記憶を操作する魔術をかけた魔術師は、腹立たしいですがかなりの技術の持ち主です。こうして我々が訪問しているのは経過観察のためなので、何か思い出したり違和感が出てきたときはすぐにご連絡ください」

「お気遣い頂きありがとうございます」

返事をしたのは母だった。

それから大人たちは当たり障りのない会話を始める。そして適度なところで話を切り上げると、グローサーとジェイルの二人は帰って行った。

「ネリー、本当に大丈夫なの？　心にも体にも不調はない？」

応接室から自分の部屋へと戻ろうとしたネリーを母が呼び止めてきた。

「特に何もないわ。大丈夫」

ネリーは帰ってきてから何度も繰り返された問答に、内心でうんざりしながら答えた。

誘拐された後、ネリーは大きな檻を積んだ馬車の中へと監禁された。そこでファリカにカーヤ、そして生意気なアイクと出会った。

そして連中のアジトへと連れていかれて一泊し――だけど、運よくエスタの警邏隊による摘発があって、全員そのまま保護された。これがネリーの当時の記憶の全てだ。

その後、保護された人々は、全員が自分の家へと戻ったし、戻るべき場所がない者については首都の孤児院をはじめとする福祉施設に入ったと聞いている。

カーヤとファリカは家族のところへと帰ったが、ネリーとアイクには今後の経過観察をしたいので、首都のタウンハウスで過ごすようにとの要請があった。爵位持ちの貴族なら、基本的に領地には城やカントリーハウスを、首都にはタウンハウスを所有しているものだ。

誘拐事件の首謀者がトリンガム侯爵なら、エスタの警邏隊が人身売買組織の摘発に動くのはおかしい。記憶との齟齬が気持ち悪くて、深く考えると吐き気がした。

目を逸らしたネリーを見つめる母の目は、どこか気まずげだ。

邸に戻ってきたときは涙ながらにこっぴどく叱られたが、今、両親がネリーに向けてくる視線は腫れものに触るようなものに変わっていた。いや、両親だけではない。兄も、使用人たちも、身の回りにいる人間全員が、ネリーに対して両親と似たような態度を取る。

この誘拐事件はネリーの周囲をとりまく環境をがらりと変えてしまった。中でも一番腹立たしいのは、心ない噂の標的になっていることだ。

社交界の貴族たちは常に刺激に飢えている。

人身売買組織に誘拐され、無事生還した可哀想な伯爵令嬢は、彼らにとって格好の獲物だった。

血を抜かれすぎて健康を損なっただとか、組織の連中に傷物にされたのではないかとか、上流階級で囁かれる噂は下世話だ。魔術師による記憶操作の痕跡が見られることが、更なる人々の憶測と好奇心を煽っていた。

この事件のせいで、ネリーの貴族の娘としての価値は下がってしまった。成人まであと四年あるが、もしかしたらまともな縁談は望めないかもしれない。両親も兄も、変なところに嫁ぐくらいなら、独身のまま領地で静かに過ごせばいいと言ってはくれるが、自分に腹が立ったし情けなかった。

そもそも祭り見物の邪魔だからと考えて、使用人を撒いた自分が悪い。

(あんなことしなければ良かった)

ネリーはうつむくと深いため息をついた。

◆
◆
◆

ヒースクリフ城の謁見室を出たグローサー宮中伯は、自分を待ち構えるように立っていた金髪の青年の姿に足を止めた。

「アベル殿下……？」

疑問形になったのは、グローサーの知るアベルの姿と随分と面差しが変わっていたせいだ。

フライア王妃似の整った容貌は変わらないが、頬はこけているし目の下の隈《くま》が酷い。短期間の間に随分とやつれて、まるで病人のようだ。

マイアを失い、ティアラ・トリンガムに操られていたショックで塞ぎ込んでいるとは聞いていたが、これはかなり重症だ。

「……父上にトリンガム事件の報告を？」

「はい」

アベルの質問にグローサーは頷いた。

グローサーが登城したのは、現在首都にいる被害者の事情聴取結果を国王に報告するためだった。

人身売買組織に誘拐された被害者たちには、その全員が魔術で偽の記憶を植え付けられていた。

『術者は天才ですね……《偽記憶》《フォールス・メモリー》か《催眠暗示》《ヒュプノティズム》か……。どちらにしても非常に扱いが難しい魔術らしい。

るると思われます。針の穴を通すような繊細な魔力制御力の持ち主でなければ、ここまで鮮やかに記憶を操作できません』

とは宮廷魔術師ジェイル・ルースティンの評価である。

ジェイルによると、被害者たちの記憶が戻る可能性はかなり低いそうだ。それでも確認に赴くのは、経過観察をするようにとの国王の指示があったからだ。

帰る家がある者は帰らせたので、被害者たちは散り散りになっているが、何かあった場合はすぐにグローサーのもとに報告が上がるように手配をしている。

それだけ国王はこの事件を重要視していた。恐らく聖女であるマイア・モーランドの失踪が関わっているせいだろう。

「……マイアが生きている可能性があると聞いた。すまないが、私にも捜査の状況を教えてもらえないだろうか」

アベルの言葉にグローサーは彼が待ち構えていた理由を悟った。

マイアの遺体が見つかっておらず、生存の可能性も視野に入れて捜査していることは、一部の関係者以外には伏せられていたはずだが、どこかで聞きつけたらしい。

「まずは陛下に許可をお取りください。守秘義務がございますので、許可がなければ私からは何も申し上げられません」

「……そうか……それもそうだな。そんな簡単なことにも思い至らないとは……どうも思考が鈍っているようだ」

そうつぶやいたアベルの顔は憔悴しきっている。

国王も目の前のアベル王子も愚かだ。いなくなってこんなにも騒ぐのなら、もっとマイアを気にかけて大切に扱うべきだったのに。

事件の全容を解明するためにマイアのことを調べる中、グローサーは彼女が出自のせいで随分と軽く扱われていたことを知った。

彼女が生きていると仮定した場合、戻ってこない理由を考えると、この国での扱いが軽かったせいだとしか考えられない。

王には王の思惑がありマイアを平民に留めおいたようだが、グローサーに言わせるとそれは悪手だ。平民の聖女であるマイアには、聖女の間で密かに汚れ仕事と呼ばれている面倒な患者が押し付けられていた。しかしイーダル三世はそれを把握しておらず、グローサーの報告を聞いて絶句していた。

聖女が詰める施療院の中は一種の治外法権地帯であり、陰湿な女性社会でもあった。かなり巧妙にこの事実は隠蔽されていたので、一概に国王だけを責める訳にはいかないが、アベル王子とマイアがぎくしゃくしていたことは貴族の間では有名なので、やはり王家の責任は大きいという結論にならざるを得ない。

「……そもそもマイアが生きていたとしても、どんな顔をして会いに行けばいいのか」

アベルは小声でつぶやくと、謁見室のほうへと移動し、入室の許可を求めて扉を護る衛兵に直談判《じかだんぱん》を始めた。

グローサーはその背中を一瞥すると踵《きびす》を返した。

六章　旅の終わり

時は三か月前に遡る――。

エスタ城をどうにか脱出したルカがマイアを連れて向かったのは、市街地とは逆方向に位置する茂みの中だった。

「確かこの辺りなんだけど……」

ルカはある地点で足を止めると、きょろきょろと辺りを見回した。

「ここよ、ルカ」

そんな声が聞こえたと思ったら周囲の景色が滲んで唐突に荷馬車が現れた。その前には豪奢に巻いたストロベリーブロンドに金色がかった群青の瞳の女性が立っている。魔力保持者特有の瞳に、マイアは女性がルカの仲間だと察した。

「その子が例の亡命希望の聖女様ね」

女性は腰に手を当てると、マイアの顔をしげしげと見つめてきた。マイアは思わず身を引きながらも、女性の姿を観察する。

年齢不詳の派手な女性だった。首元の皺や肌の印象からすると、そこそこの年齢なのではないかと思うのだが、化粧や服装は若々しい。

「初めまして。私はシェリル。肩書きは長ったらしいから省略するけれど、ざっくり簡単に説明すると、この国の東部における諜報員の取りまとめを任されているわ」

偉い人なのだろうか。

「マイア・モーランドです」

緊張しながら名乗ると、シェリルは目を細めてこちらに微笑みかけてきた。

「よろしくね、聖女様。……マイアとお呼びしてもいいかしら？」

「はい」

頷くと、シェリルは嬉しそうに「私もシェリルと呼んで」と返してきた。

「シェリルの表向きの顔は宿屋の主人なんだ。宿なら傭兵や行商人に扮した諜報員が出入りしても怪しまれない」

ルカが説明してくれた。

「……アストラの密偵《スカウト》は色々なところにいるのね」

「どこの国も似たようなものじゃないしら。情報は力だもの」

シェリルはそう発言すると軽く肩をすくめた。そしてルカをしげしげと見つめる。

「服がぼろぼろじゃない。そんなにトリンガム侯爵は手強かった？」

「別に……ちょっとかすっただけだし」

「怪我はしてない？　……あ、聖女が一緒だからそこは大丈夫か」

心配するシェリルに対して、ルカは明らかに迷惑そうな顔をした。

怒られてしまいそうだから絶対に口にはできないけれど、そんな子供っぽい姿は可愛らしい。

「着替えないとだめね。その格好じゃ街には行けないもの。ついでにその目の色も隠さないと」

シェリルの指摘はもっともだった。今のルカは、トリンガム侯爵家に仕える私兵の制服姿だ。おまけに瞳もルカ本来の色である緑金に戻っているので、この姿のまま街に出るのは確かにまずい。

「目薬の効果が切れてるってことは、どうせ暴走したんでしょ」

「うるさいな」

つっけんどんなルカの言葉にシェリルは呆れたように息をつくと、馬車の荷台に上がり、ごそごそと荷物を漁《あさ》り始めた。

そして、ややあって漁った荷物の中から服と小瓶を手に取りルカへと手渡す。

「これに着替えて目の色も変えて。次はあなたね」

シェリルはマイアに向き直ると、指輪を差し出してきた。

人身売買組織に奪われた、髪と瞳の色を変える指輪に似ていたが、よく見ると細部のデザインがわずかに異なっている。

「実は私のとお揃いのデザインなのよ」

シェリルはそう言って悪戯っぽく笑うと、自身もスカートのポケットから取り出した指輪をはめた。

すると瞬時にシェリルの髪と瞳は凡庸な茶色へと変化する。

「シェリル、今マイアにその魔道具を付けさせるのは良くない。さっき魔力切れを起こしかけてた」

指輪をはめようとしたマイアを、慌ててルカが制止した。

「そうなの？　なら目薬もまずいわね」

「目薬も良くないんですか？」

「魔道具は魔力を消耗するし、目薬は体の中の魔力循環を妨げるの。少なくとも私は常時発動型の魔術との併用はしたくないわね。【シーカー】も付けてなかったでしょ？」

「【シーカー】……？　ゲイルおじ様のことですか？」

確か【シーカー】は、ゲイルのコードネームだったはずだ。首を傾げて尋ねると、シェリルは虚を突かれた表情をした後、さあっと青ざめた。

「やだ、あの人、こんな若い子におじ様とか言わせてるの？　気持ち悪……」

「おじ・と・め・いっていう設定で旅券やら関所の通行許可証やらを手配してもらったんだよ。マイアはその設定を引きずってるだけだ」

取りなすように割って入ったのはルカだった。

「そういうこと……一瞬焦っちゃった。てっきりそういう性癖でもあるのかと……」

「その発言聞いたら、あのおっさん怒るぞ」

ルカは呆れた表情で小さく息をつくと、「着替えてくる」と告げて荷馬車の向こう側へと姿を消した。

シェリルはそれを見送ると、再び馬車の荷台に上がった。そして積み荷の中からフード付きのマントを取り出してこちらに戻ってくる。

「上着はこっちに変えましょうか。それって城の兵士の制服よね」

そうだった。ルカに借りた上着をまだ着たままだった。

マイアはちょっと名残惜しかったが、借りた上着を脱ぐとシェリルに渡されたマントを羽織った。

マントはふわふわのファーがあしらわれていて、しっかりとした作りになっているだけではなく可愛らしい。

「ちゃんとフードを被ってね。あなたの髪は目立つから隠しておいたほうがいいわ」

シェリルの元の髪色にも共通するが、赤の要素が入った髪色は珍しい。マイアは素直に忠告を受け止めると、マントのフードを目深に被った。

「街に入るときはなるべくうつむいて、目の色を人に見られないようにしてね」

「はい」

シェリルの言葉にマイアは頷いた。

ほどなくして、着替えを終えたルカが荷馬車の陰からこちらに戻ってくる。ルカは質素な旅装に身を包んだ傭兵という印象の格好になっていた。

「【シーカー】は一緒じゃないの？」

シェリルがルカに尋ねた。

「後始末のために残ってる」

「そう。後でもう一回迎えに来なきゃいけないのね……」

面倒臭そうにつぶやいたシェリルに、今度はルカが質問する。

「シェリル、マイアの首輪を見て欲しいんだ。外せないかな？」

「首輪？」

目を見開いたシェリルは、マイアの首元をじっと見つめた。

「やだ。これ、魔道具？」

「ああ。トリンガム侯爵に付けられたらしい」

「何それ。女の子にこんなもの付けるなんて変態じゃない！　見せてもらってもいい？」

「はい」

マイアが許可を出すと、シェリルが至近距離に顔を近付けてくる。すると香水だろうか、甘い匂いがふわりと香った。

「かなり術式が複雑ね。《魔封《マジック・シール》》に加えて探知系の魔術が絡まってるわ。下手に私が触るより、【シーカー】に取ってもらったほうがいいと思う。この手の細かい魔力操作はあの人のほうがうまいから」

シェリルは首輪を睨みながら眉間に皺を寄せた。

「首輪を保護するように《抗魔《カウンター・マジック》》がかかってる。一時的に魔道具の効果を無効化してるみたいね。これは【シーカー】の魔術かしら？」

「たぶんそうだと思います。おじ様が何かしてくださった後、魔力を吸われるような不快感が消えましたから……」

「もし、もう一度首輪の《魔封《マジック・シール》》が発動する感覚があったら教えてくれる？　《抗魔《カウンター・マジック》》をかけ直すから」

「はい。ありがとうございます」

アストラの人はこの国の人よりずっとマイアに優しい。心からの感謝を込めて頭を下げると、シェリルは目を細めて微笑んだ。

「さあ、準備ができたのなら行きましょう。こんなところにいつまでもいたら風邪を引いてしまうわ」

マイアとルカは、シェリルに促されて馬車の荷台に乗り込んだ。

荷馬車は最低限の機能だけが付いた簡素なもので、屋根は付いておらず吹きさらしになっている。

「マイアはこっち。顔を見られないように、気分が悪いふりをして俺に寄りかかって」

ルカは荷台に積み込まれている木箱の間に腰かけると、マイアを手招きした。

きっと他意はないと思うのだが、ルカを異性として意識しているマイアには、嬉しいような恥ずかしいような微妙な状況だ。

マイアは気持ちを落ち着けるため、深呼吸をしてからルカの側に腰を下ろした。それから遠慮がちにルカの体に頭を預ける。ほのかにルカの体温を感じた。

ルカはマイアの膝に、荷台にあった毛布をかけてくれる。

城を出るとき、ちらついていた雪は既にやんでいたが、今日は特に寒い。

ルカはただ紳士的なだけで他意はないはず。

マイアは自分に言い聞かせると、こっそりとため息をついた。すると馬車が動き出す。御者《ぎょしゃ》を務め

るのはシェリルである。

車輪と馬の蹄の音だけが聞こえる中、ルカと密着するのはかなり緊張した。

「シェリルさんにもコードネームはあるの？」

気まずさを誤魔化すために質問すると、肯定が返ってきた。

「うん。シェリルは【ミストレス】って呼ばれてる」

「本当の名前じゃないんだよね。シェリルさんもおじ様も」

諜報員という性格を考えると当然だが、少しだけ寂しく感じられた。

「俺の名前は本名だよ」

「それっていいの？　前から思ってたんだけど……」

「たぶん問題ないと思う。俺には異動命令も出たしね」

「そうなの？」

マイアは目を見張った。

「うん。だから俺もマイアと一緒にアストラに戻るよ」

ルカの返事にマイアはほっとした。知っている人が異国でも近くにいてくれると思うと、恋愛感情とは関係なく心強い。

「……そういえば、パティはどうしたの？」

荷馬車の馬が視界に入って、ふとローウェルからキリクまで一緒に旅をした馬のことを思い出した。

「宿に置いてきた。けど、仲間に回収を頼んだから、今はそっちで元気に過ごしてると思う」

「そう、良かった……」

ルカの言葉にマイアはほっと安堵した。ルカはそんなマイアに微笑みかけてくる。

「実は、ここからアストラまでは魔術で移動することになったんだ。それに便乗できるから、ちょっと役得だなって思ってる」

「魔術で移動って……《他者転移《テレポート・アザー》》の魔術を使うってこと？」

「そうだね」

「それって凄く大変なのでは……」

転移系の魔術は大きく三つに分類される。

物を遠方に送る《物質転送《アポート》》、術者本人のみが空間を飛び越える《空間転移《テレポート》》、そして術者以外の人間を遠方に転送する《他者転移《テレポート・アザー》》だ。

同じ質量のものを同じ場所に転送する場合、難易度は後者になるほど上がる。人を送る場合、魔術の失敗は死に直結するので、万一の事故が発生しないよう慎重に術式を構築する必要があるからだ。術者本人だけが転移する場合は、事故発生時に自身の魔力で緊急回避行動が取れるが、魔術師ではない他人を転移させる場合はより慎重な術式管理が必要になる。

更にこの手の転移系魔術は、距離と質量によって、必要とされる魔力量が指数関数的に増加していくはずだ。

このエスタから国境を越えるとなると、一体どれほどの魔力が必要になるのだろう。マイアは思わず国境を隔てる水晶連峰《クリスタルム・アルプ》へと目を向けた。

「大変だけど、『上』はそれだけの価値があるって判断したんだと思う。大量の魔力が必要になるから儀式魔術という形で魔術式を構築しなきゃいけないだろうし、ゲイルが戻ってからの移動になると思う。俺が一緒に転移するのは、万一のときにマイアを護るためだ」

「万一って……」

眉をひそめたマイアに向かってルカは微笑みかけた。

「大丈夫。こっちだけじゃなくて出口側でも慎重に術式を管理するから、よっぽどのことがない限り何も起こらないよ。ただ物事には絶対はないから、念のためにってことだろうね」

ルカは一度ここで言葉を切り、腰ベルトの物入れの中を漁り始めた。そして中から小さな布袋を取り出すとマイアに差し出してくる。

「ごめん、再会したらすぐに渡そうと思ってたんだけど忘れてた」

「開けてもいい？」

尋ねると、ルカはこくりと頷く。

布袋を開けると、人身売買組織に奪われ、へし折られた魔術筆《クイル》と、若葉の髪飾りが入っていた。

「取り返してくれたの？」

「ああ。……一応ゲイルに見てもらったけど、魔術筆《クイル》はだめそうだ。羽軸が折れて中の月晶石にも罅《ひび》が入ってるって」

「諦めてたから大丈夫」

マイアは苦笑いした。ライウス商会の人たちに贈ってもらった髪飾りが返ってきただけでも儲けものだ。

そこでふと、髪と瞳の色を変える指輪と婚姻腕輪の存在を思い出した。この二つも人身売買組織に奪われている。

「ルカ、指輪と腕輪は？」

「その二つは既に売り払われてた。腕輪は俺の腕輪と繋がってるから追跡できるけど、取り戻したとしてマイアは手元に置きたいと思う？」

「それは……」

マイアは即答できなかった。腕輪のことを考えると、やっぱり少し嫌な気持ちになる。

せめて機能と目的について事前に説明されていたら良かったのに。説明があれば恐らくマイアは納得した。それがたとえ逃亡防止が目的だったとしても、不快感は覚えたかもしれないが、最終的には首を縦に振ったはずだ。

「ごめん。意地の悪い聞き方だった」

謝られて、マイアは弾かれたように顔を上げた。

「意地悪だなんて思ってない」

「そうだね、マイアはそんな風には受け取らないだろうね。いい子だから」

そう告げるルカの表情はどこか苦しそうだった。

「いい子なんかじゃないよ。心の中では侯爵もティアラも死んじゃえって思ってるもん……」

「殺したほうが良かった？」

「だめ！」

マイアは反射的に否定した。

「それはだめだよ！　あんな人たちの血でルカの手が汚れるなんて……」

「ゲイルが止めなきゃ、たぶん殺してた」

そう告げたルカの表情には、どこか苦いものが浮かんでいる。

さすがにマイアも気付いていた。ルカの中には暴力性が潜んでいる。彼のこの表情は、それを厭ってのものだろう。

「聞いてもいい……？　地下室でのルカはどういう状態だったの？」

「……暴走してた。月が満ちてくるとそういう状態に陥りやすくなる。狂暴な衝動が自分の中に沸き上がって、何もかも滅茶苦茶にしたくなるんだ」

「どうして……」

マイアは眉をひそめた。

魔力保持者にとって月光は恵みだ。精神と体内魔力を安定させるので、月の光が最も強くなる満月の夜には、心も体も満たされて落ち着くというのがマイアの知る常識である。

「喪月の影響を受けない副作用なんだと思う。そういう体質なんだ」

どこか困ったような表情で告げられてマイアは眉をひそめた。

ルカは前に、自分を特別な貴種《ステルラ》だと言っていた。

「……もしかして治癒の魔力を流せばそれは治まる？」

「そうだね。聖女の魔力には気持ちを鎮める効果があるみたいだ」

「なら、私がルカの側にいれば力になれるんじゃ……」

「気持ちだけ受け取っておく。聖女の魔力は本来病人や怪我人の治療に使うべきものだ。でもありがとう」

できれば近くにいて力になりたい。そんな下心を含んだ提案は、あっさりと却下されてしまった。

「そろそろ市街地に入るから顔を隠そうか」

話題まで変えられた。

マイアは小さく息をつくと、ルカの視線から逃れるようにうつむいた。

◆
◆
◆

シェリルが経営する宿屋は、領都エスタの郊外にあった。

大きな庭と厩舎があって、宿のランクとしては中の上という印象だ。煉瓦《れんが》造りの建物の壁面に生い茂った蔦《つた》が、お洒落な雰囲気を作り出している。

シェリルは厩舎の手前で荷馬車を停めると、マイアとルカを裏口へと誘《いざな》った。

「従業員は全員うちの関係者だから、ある程度の事情は知らせてる。でも、一般のお客さんもいるから、その人たちの目に触れないように過ごして欲しいかな」

シェリルはそう前置きしてから部屋へと案内してくれた。

「マイアはここ、ルカはその隣を使って。悪いんだけどマイアはその目の色を隠せるようになるまで、この部屋からは出ないようにしてね。暇つぶしができそうなものは一応いくつか中に置いてある」

そんな言葉と一緒に案内された部屋は、こぢんまりとしていたが最低限の家具が揃っていて清潔だった。

建物自体は古かったが、隅々まで掃除が行き届いており、大切に使われてきたということが窺える。

室内の暖炉には既に火が入っており、外の冷え込みが嘘のように暖かかった。よく見ると、壁にはさりげなく魔術式が刻み込まれており、それが熱を逃さないようにしているようだ。

部屋の中央に置かれた机には、見覚えのある裁縫箱が置かれていた。ゲイルに貰った裁縫箱だ。

戸棚には本が、その近くにはリュートが立てかけてあったが、どうせならルカやゲイルのために何か作りたいと思ったので、マイアは裁縫箱に手を伸ばした。

裁縫箱は二段に分かれていて、上の段には針や鋏《はさみ》などの道具が、下の段には端切れと色とりどりの刺繍糸が詰め込まれている。その中には普通の針と糸に混じって、魔術布を作るための専用針と月晶糸が納められていた。

記憶のままの配置に思わず笑みがこぼれる。キリクの宿屋に置いたままになっていたはずなのに、これがここにあるということは、きっとルカがここまで持ってきてくれたのだろう。

端切れで簡単に作れるもの、ということで真っ先に思い付いたのは守袋《まもりぶくろ》だった。

この国では兵士が出征するときには、近い関係の女性から守袋を贈るという風習がある。

ルカの分とゲイルの分と、二人分を同じ布で作れば、変な意図があるように捉えられることもないだろう。

そして袋の口に護りの魔術式を縫い込んで魔術布にしておけば、何かの役に立つかもしれない。

マイアはそんなことを考えながら、端切れの物色を始めた。

月晶糸の金色が映えて、男性が持っていても違和感がなく、かつ汚れが目立ちにくくて長く使ってもらえそうな色――。

色々と考えて、マイアが選んだのは深い紺色の生地だった。

つるりとした生地はアストラ製のシルクだろうか。上品な光沢があって触り心地がいい。

作るのは小さな守袋なので、布の裁断よりも先に刺繍を入れる。

マイアは先を細く削った布用のチョークと定規を手に取ると、裁断のための線と一緒に図案を書き込んでいった。

◆
◆
◆

マイアの部屋のドアがノックされたのは、一つ目の守袋の刺繍を入れ終えたときだった。

最近は日が落ちるのが本当に早くなった。既に外は真っ暗になっていたが、室内には照明の魔道具が据え付けられていたので昼間とそう変わらない明るさが保たれている。

明かりを点けるために少しだけ魔力を使ったが、きっと少しだけなので大丈夫だろう。体調にも今のところ変化はない。

「シェリルよ。入ってもいいかしら？」

「どうぞ」

外から声をかけられたので許可を出すと、ドアが開きシェリルが顔を出した。

「刺繍をしていたの？」

「はい。ルカとゲイルには本当にお世話になったから、何かお礼をしたいなと思って」

「綺麗ね。私、お裁縫は全くだめだから羨ましいわ」

シェリルはマイアの手元を覗き込んできた。

「若い頃は魔術を身に付けるのに必死だったのよね。大抵の貴種《ステルラ》がそうだと思うんだけど、身の回りのことは皆使用人がやってくれるからつい甘えちゃうのよ」

「練習すればできるようになると思いますよ」

「ううん、遠慮しておくわ。最近、歳のせいか目が疲れやすいの」

そう言いながらシェリルは苦笑いした。そして気を取り直したように息をつくと、マイアに向き直る。

「体が汚れて気持ち悪くはない？　綺麗にするための魔術をかけに来たの」

「お願いします」

魔術筆《クイル》を失った今のマイアには、自力で体を綺麗にできない。食いつき気味に返事をすると、シェリルはクスクスと笑いながら魔術筆《クイル》を取り出し、《浄化《ピュリフィケーション》》の魔術をかけてくれた。

「どう？」

「さっぱりしました」

「ごめんなさいね。一応入浴設備もあるんだけど、今のあなたを他のお客さんに見られるのはまずいから」

シェリルは申し訳なさそうな顔をした。

「ここにはお風呂があるんですか？」

「ええ。国境からの街道沿いの街だから、アストラからのお客さんが多いのよ。向こうではこちらと違って毎日入浴する習慣があるから、この辺りの一定以上のランクの宿には浴室が付いているわ。魔力がしっかり回復して、目の色が隠せるようになったら入ってみてね」

「はい。是非」

こくこくと頷くと、シェリルは微笑ましいものを見るように目を細めた。そして、室内に据え付けられているクローゼットに向かう。

「この中は見た？」

「いいえ」

「あなたの好みに合うかどうかわからないけど、アストラの服を入れてあるの。良かったら着てみない？」

シェリルは言いながらクローゼットを開けた。すると、シェリルの言う通り、色鮮やかなアストラの民族衣装が何着もかかっている。

「いいんですか？」

「向こうに行ったら日常的に着ることになるだろうから、今から慣れておいたほうがいいわ」

アストラの女性用の民族衣装は、形としてはこちらのワンピースと大きく変わらないのだが、詰まった襟元と、特殊な飾り結びで作られた留め具が特徴だ。

また、生地には大振りで写実的な刺繍が施されている。

刺繍の技法自体はこちらとほぼ同じだが、イルダーナでは可愛らしくデフォルメされた色柄が好まれるのとは対照的である。色彩感覚にも違いがあって、アストラの衣装はマイアの目には随分と華やかに見えた。

シェリルはクローゼットから何着かの服を取り出すと、楽しそうにマイアの体に当ててくる。

「髪の色が鮮やかだから濃い色が似合うわね。こっちとこっちならどちらが好み？」

そう言いながらシェリルが勧めてきたのは、自分では決して選ばないような色合いの衣装だ。

一着目は明るいオレンジ、二着目は濃い紫色のワンピースで、どちらにも大輪の花の刺繍が施されている。

ちょっと派手すぎるのではないかと思ったが、全身が映る大きな鏡の前で見比べてみると、確かに髪や瞳の色によく映えた。また、刺繍は裾に集中しているせいか意外にも落ち着いた印象になる。

マイアはしっかりと見比べてから、紫色の服を指さした。

「こっちにします」

ゲイルがまだ戻ってきておらず、ネリーたちの安否も気にかかる。

——そして地下で死んでいた子供たち。一体何人がトリンガム侯爵とティアラのために殺されたのだろう。

そういうことを考えてしまうと、明るい色の衣装を身に着ける気にはなれなかった。かと言って

シェリルの厚意を断るのも気が引ける。

「その服に合わせるなら、このアクセサリーかしら」

シェリルはぶつぶつとつぶやきながら、クローゼットの隣の戸棚を物色し始めた。そこには装身具

が所狭しと収められていた。

マイアは形容しがたい複雑な気持ちを抱きながらも、勧められるままに民族衣装に手を伸ばした。

「首輪が邪魔ね。【シーカー】が早く戻ってきたらいいのに」

着替えたマイアを見て、シェリルは眉間に皺を寄せた。

「ゲイルおじ様はまだ戻られていないんですか？　大丈夫でしょうか？」

「ついさっき通信魔術の鳩が飛んできたから無事なのは確かよ。事後処理はほとんど終わったけれど、

魔力が切れたから今日のところは城に潜伏するって」

シェリルはそう言いながら、マイアを力付けるように微笑んだ。

「研究者としても魔術師としてもあの人は優秀だから、魔術師であるトリンガム侯爵さえ抑えてしま

えば他は敵じゃないわ。だからきっと大丈夫よ」

シェリルがそう断言するのなら安心してもいいのだろうか。マイアは眉根を寄せると窓に顔を向け

た。

窓はカーテンも木戸も開け放たれており、遠く丘の上にあるエスタ城の姿がよく見えた。

◆　◆　◆

同時刻、エスタ城――。

本来の名も身分も隠し、長くゲイル・クラインと名乗ってきた男は、ソファに身を預けて深く息をついた。

《幻覚《イリュージョン》》を併用しながら《催眠暗示《ヒュプノティズム》》を連発したのだ。さすがにかなり疲れた。魔力にはまだ余裕があるが、それは強力な魔力回復薬を使ったせいだ。

ゲイルが服用した薬はルカに持たせていたものよりも数倍強力だが、その分副作用も強烈で、服用から半日ほど経過すると地獄の頭痛と吐き気にのたうち回る羽目になるという代物だ。

今、ゲイルは城の人間に、自分をトリンガム侯爵だと思わせている。今日はこのまま侯爵の私室を拝借し、副作用をやり過ごすつもりだった。

なお、本物の侯爵はこの部屋の続き間にある書斎に、生きる人形状態にして閉じ込めている。

あまりのいら立ちに情け容赦のない強度で《催眠暗示《ヒュプノティズム》》の魔術をかけたので、魔術が解けたときに正気を保っているかどうかはゲイル自身にもわからない。たとえ正気に戻ったとしても、ルカに殴られて歪んだ顔は、恐らくもう二度と元には戻らない。満月時のルカの腕力は異様だ。ゲイルが咄嗟に魔力の弾を放ち拳の軌道を逸らさなければ、たぶん殺していた。

元の容姿が整っていただけに哀れだが、トリンガム侯爵の所業を思えば同情するつもりにはなれず、むしろあれくらいでは手ぬるいという思いすら湧いた。

ルカを制止したのは、事後処理がより面倒になるのと、マイアに残虐な場面を見せたくないという気持ちが働いたからにすぎない。


ゲイルは外から聞こえてきたノックの音に、はっと我に返った。

いつの間にやら意識が飛んでいた。まだ目蓋が重い。

起きるのは億劫だったが入室の許可を出すと、侯爵付《づ》きの従者《バレット》が顔を出した。まだ若い男性使用人は、どこか慌てた様子でゲイルの側までやって来る。

「旦那様、ジェラルド様の様子が変なんです。まるで何かの呪いにかけられたようで……来て頂けませんでしょうか」

ジェラルドには《催眠暗示《ヒュプノティズム》》の魔術をかけ、私室で大人しくしているように命じたはずである。ゲイルは眉をひそめつつも従者《バレット》に先導させ、ジェラルドの私室へと向かった。


「違う、違うんだ。私は諌《いさ》めたんだ。でもティアラが」

ゲイルがジェラルドの私室に入ると、ジェラルドはベッドの上で小さくしゃがみ込み、ぶるぶると震えながら宙に向かって謝り続けていた。

違う。許してくれ。父上を止められなかった。ティアラが。

ジェラルドの発言にゲイルは眉をひそめる。

「目を覚まされてからずっとこの調子で……一体どうされてしまったのでしょうか」

使用人たちには、ジェラルドは風邪で療養していることにしている。だから異様な様子に恐れをなしたのだろう。

「少し席を外してくれ」

ゲイルは従者《バレット》を追い出すと、震え続けているジェラルドに向き直った。

「おい」

声をかけると、ジェラルドは「ひっ」と悲鳴を上げ後ずさった。

「すまない、許してくれ！　私は子供を攫うのは反対だったんだ！　でもティアラに魔力を流されたら、自分が自分でなくなって……本当だ！　だから恨まないでくれ！　うわあああああ！」

(妹に責任転嫁か)

軽蔑の感情が湧き上がるが、すぐにゲイルは打ち消した。

エマリア・ルーシェンの治癒魔法に、《魅了《チャーム》》の魔術のような付加効果があったのを思い出したのだ。

(まさか、侯爵もこいつも偽聖女に洗脳されていた……？)

家族としてティアラの望みを叶えようとしたのではなく、そもそもティアラに魅了されていたからこの暴走が引き起こされたのだとしたら――。

その可能性に思い至ったところで、ゲイルは首を左右に振った。

どちらが元凶なのかを考えても意味がないことに気付いたのだ。トリンガム侯爵家が禁術に手を出し、何人もの人を殺《あや》めたという事実は結局変わらない。

ゲイルはジェラルドに白い目を向けると、彼を黙らせるべく魔術筆《クイル》を手に取った。

更に《催眠暗示《ヒュプノティズム》》を重ね掛けするのはかなり危険だが、『風邪で寝込んでいる』という設定と整合性を取らなければならない。

（壊れても悪く思うなよ）

ゲイルは心の中でつぶやくと、魔術式の構築を始めた。

◆　◆　◆

夕食後も刺繍に取り組んでいたマイアは、鳥の羽ばたきのような音を耳にして顔を上げた。

そしてぎょっと目を見開く。聞こえてきた音は比喩ではなかったからだ。

室内にいつのまにやら鳩が入り込んでいて、マイアが針仕事をする机の縁に留まっていた。そしてマイアと目が合うと、人の声を発する。

「マイア、窓を開けて欲しい」

ルカの声だったのでマイアは察した。この鳩は彼が魔術で出したものに違いない。部屋の窓もドアも閉ざされていたけれど、魔術の鳩だから入り込めたのだろう。

室内にはバルコニーに繋がる大きなガラス窓がある。慌てて窓際に移動して分厚いカーテンを開けると、バルコニーにルカが立っているのが見えた。

窓を開けると途端に外から身を切るような冷気が吹き込んできた。外はまた雪が降っていて、よく見ると地面にうっすらと積もっている。

これは寒くて当然だ。マイアは震えながらルカに声をかけた。

「ルカ、どうしたの？　早く中に入って」

「いや、もう遅いから……」

時刻は既に夜の九時を過ぎている。確かに特別な関係でもない未婚の男女が一緒に過ごす時間ではないが、ルカとは森を抜けるときに同じ天幕の中で眠った関係なのだから今更だ。

「入って。私が寒いの」

マイアはルカの服の袖を掴むと引っ張った。するとルカは小さく息をついたものの素直に従ってくれた。

「そうだよね。マイアも寒いんだった」

「そっちに座って」

マイアはルカに、針仕事のために使っていたテーブルの向かい側の席を勧めた。ルカは席に着くと、机の端に留まっていた鳩に触れる。すると魔術の鳩は、すうっと姿を消した。

「それは魔術布？」

ルカの視線はマイアのやりかけの刺繍に向いている。

「うん。手持ち無沙汰だったから」

守袋はまだ完成していない。だから何を作っているのかまでは話さなかった。

「お茶を淹《い》れるね。シェリルさんがアストラのお茶を持ってきてくれたの」

茶葉はこちらでは輸入品なので高級だが、アストラでは一般的に栽培されている作物のため庶民にも身近な飲み物だと聞く。シェリルが持ってきてくれたのは、こちらでも上流階級の間で好まれている紅茶だった。

室内にはお湯を沸かすための魔道具のポットやら茶器やらが置かれていて、自由にお茶を淹れて飲めるようになっている。

マイアはポットに魔力を流すと、シェリルに教えてもらった手順を思い出しながら茶葉の準備をする。

聖女になってから紅茶は身近なものだったけれど、いつも侍女に淹れてもらっていたから自分で淹れるのは初めてだ。

緊張しながらルカに差し出すと、「ありがとう」と小さくお礼を言われた。

マイアもまた自分の分のカップを持って元いた席へと着く。

「ちょっと薄いかも。ごめんね、実は自分で淹れるのは初めてで……」

「そんなことない。美味しいよ」

ルカはティーカップに口を付けてから穏やかに微笑んだ。

「その服もシェリルが？」

ルカに尋ねられてマイアはこくりと頷いた。

マイアはまだシェリルが持ってきたアストラの衣装を身に着けていた。

着替えたとき、シェリルはついでにマイアの髪を結って髪飾りを挿してくれた。歩揺《ほよう》と呼ばれる垂れ下がる鎖や貴石の付いた髪飾りは、隣国では一般的なものだ。

アストラでは、民族衣装の首元が詰まっているせいか、首飾りを身に着ける風習がないそうだ。その代わりに、大振りな耳飾りや歩揺の付いた髪飾りが好まれる。

「気が引けるくらい良くしてくれるの。なんだか申し訳なくて」

「……逃げられたら困るから」

「えっ……？」

ルカの発言にマイアは目を見張った。

「苦労して国境近くまで連れてきた聖女を逃がす訳にはいかない。マイアを丁重に扱う裏にはそういう『上』の思惑が働いてる」

「…………」

そんなこと一々言われなくてもわかっている。

ルカ、ゲイル、アルナ、シェリル――これまで出会ったアストラの人がマイアを助けてくれたのは、マイアが希少価値の高い生き物だからだ。

だけど改めて口にされると心が痛んだ。その言葉がルカの口から飛び出したものだから特に。

「どうしてそんなことを言うの？　私を傷付けたいの？」

冷静を装って尋ねると、ルカはぎょっと目を見開いた。

「へ？　いや、違う！　そう取れるかもしれないけど、俺がマイアに話したい本題はそうじゃなくて……」

ルカがあまりにも慌てた様子で弁解するから、マイアは毒気を抜かれた。

「俺がここに来たのは、本当にこのままアストラに移動してもいいのか、マイアの気持ちを確認しておきたかったんだ」

どこか歯切れの悪い言い方だった。

「今更何を……」

「今更じゃない。……元々マイアが討伐遠征から逃げたのは、ティアラ・トリンガムの信者に殺されかけたせいだっただろ？　でもあの女は、俺たちが城の地下の魔術式を壊したから力を失ったはずだ。あの女の治癒魔法を受けたせいで魅了されていた連中も、いずれ正気に戻るはずだ」

思ってもみなかった指摘にマイアは目を見張った。色々なことが起こりすぎて考えが及ばなかったが、確かにルカの言う通りだ。

「ティアラが聖女としての能力を失えば、第二王子率いる討伐部隊はまず間違いなく遠征を切り上げる羽目になる。そして唐突に力を失ったあの女はその理由を追及されるだろうね。トリンガム侯爵領にはイルダーナ王国の捜査の手が伸びるはずだ。そして捜査に来た連中は怪しげな儀式魔術の痕跡を発見する」

「侯爵たちは罪に問われることになる……？」

疑問形で問いかけたマイアに、ルカは頷いた。

「処分が手ぬるいようなら、あらためてこちら側でも動く手はずになっている。うちの国民に手を出した罪は償ってもらわなければいけない」

アストラは守りに特化した国だが、もし手を出すと苛烈な報復を受けると言われている。マイアは隣国が恐れられている理由を今更ながらに実感した。

「話を戻してもいいかな」

ルカに尋ねられ、マイアはこくりと頷いた。

「《他者転移《テレポート・アザー》》はマイアも知っていると思うけど、大量の魔力が要求される大掛かりな魔術だ。ここから水晶連峰《クリスタルム・アルプ》を越えようと思うと、入念な準備が必要になる。そこまでしてマイアをアストラに送ろうとするのは、マイアの亡命理由がなくなったことに気付かせないためだ。こういう状況だけど、本当にマイアはアストラに移動しても後悔しない？」

マイアは目を見開いた。

「……どうしてルカはそんなことを私に教えてくれるの？」

なるべく平静を装ったつもりだが、動揺に声が震える。

ルカは気まずげにマイアから目を逸らした。

「取り返しのつかない状況になってから国の思惑に気付いたら、マイアはきっと傷付く。それを思うといたたまれなくなった。……アストラの諜報員としては、隠し切るのが正しいのはわかってるけど、俺は……」

ルカは口ごもるとうつむいた。そして、しばしの間を置いてから小さな声で告げる。

「……俺は、マイアに恨まれたくないんだと思う」

「恨んだりなんか……」

親切な態度の裏側に隠されていたものを突き付けられて、正直まだ頭が混乱している。だけどこれだけは言える。アストラの思惑がどんなものであれ、マイアはルカに感謝こそすれ恨むつもりはない。

ルカはアストラの諜報員だ。国の命令に逆らえないのは痛いほどに理解できるし、そもそもルカに助けてもらわなかったら今頃マイアは死んでいた。

ダグラスに刺されて穴の中に埋められて……仮に息を吹き返して、自力で穴から脱出できたとしても、場所は魔蟲が跋扈《ばっこ》するフェルン樹海の中だ。攻撃手段を持たないマイアが、生きて外に出られるとはとても思えない。

そもそも聖女の魔力に目覚めていなければ、今頃マイアは最底辺に近い庶民の生活を送っていたはずだ。それと比較すれば囲い込まれる場所がこの国から隣国に変わるくらい――些細なことだと思えた。

「恨まないよ。ルカは命の恩人でしょ」

改めて断言すると、ルカの瞳が揺れた。

「俺は祖国についてマイアに聞こえのいいことしか伝えていない」

「そうなの？」

「…………」

沈黙が気まずい。ルカが暗い表情をしているから猶更《なおさら》だ。

根負けしたのはマイアが先だった。小さく息をついてから話しかける。

「きっと私の扱いは、首都に戻ってもアストラに亡命したとしてもそんなに変わらないよね。そんなのなんとなく予想できるよ」

この国でのマイアは、平民という出自のせいで軽んじられてきた。だけどアストラに行っても、待っているのはきっと『よそ者』という視線だ。かの国は、魔力保持者は生まれにかかわらず貴種《ステルラ》と呼ばれ、こちらの貴族に相当する特権階級として扱われるそうだが、排他的なことでも有名である。

「この国で育ったマイアがアストラに馴染むには時間がかかるだろうし、もしかしたら心ないことを言われるかもしれない。できるだけマイアが嫌な思いをしないように助けてあげたいけど、俺にどこまでできるかは帰国してみないと正直わからない」

ルカは一旦言葉を切るとマイアに向き直った。

「もしマイアが亡命をやめて、この国で今後も生活していきたいのなら手伝うよ」

ルカの発言にマイアは眉をひそめた。

「何言ってるの、ルカ。それじゃルカの立場が……」

マイアを亡命させるために、アストラは既にかなりの人員と資金を費やしているはずだ。

「俺の立場なんて考えなくていい。マイアがどうしたいかで決めてくれたらいいから。……とはいえすぐに決断するのは無理だと思うから、明日もう一度、このくらいの時間に聞きに来る」

そう告げるとルカは席を立ち、マイアに背を向けた。

「えっ……ちょっと待って。ルカ、帰るの？」

「女の子の部屋に長居する時間じゃないから」

バルコニーに続く窓へと移動したルカは、ちらりとこちらを振り返ると、ふっと微笑んだ。

そして引き止める間もなく隣の部屋のバルコニーへと飛び移る。

「ルカ……」

一人取り残されたマイアは小さな声でつぶやいた。

◆　◆　◆

エスタ城から脱出したゲイルは、シェリルが経営する宿屋に辿り着くと、あらかじめ用意してもらっていた一室に転がり込んで、倒れ込むようにベッドに横になった。

マイアたちが一足先に城を出てから二日が経過している。後始末にはそれだけの時間が必要だった。

魔術を駆使し、城内の人間全員に自分をトリンガム侯爵だと思わせて事態の収拾にあたったゲイルは、最後の仕上げに侯爵とジェラルドを病人に仕立て上げた。

城内の人間は、正気を失った二人を性質《たち》の悪い風邪にかかった病人として扱っている。何もかも世話をしてやらなければいけない状態だが少々の齟齬《そご》は疑問には思わない。ここまでの暗示をかけられたのは、特製の魔術薬と満月の魔力のおかげだ。

《催眠暗示《ヒュプノティズム》》は意識が朦朧としているときのほうが効きやすい。だからゲイルは魔力回復薬だけでな

く、誘眠効果のある魔術薬を併用し、城内の上級使用人に順番に魔術をかけていった。

正直なところ、今が月の満ちている時季で助かった。そうでなければ、薬の助けを借りたとはいえここまでの魔術の連発はできなかっただろう。

満月だからこその苦労もあった訳だが――。

ゲイルの脳裏をよぎったのは暴走したルカの姿だった。

満月期のルカは些細なことがきっかけで暴走する。

今回の暴走の原因はマイアだったのか、あるいは禁術か――。

ゲイルは小さく息をつくと腕で目元を覆った。

考えがうまくまとまらない。城の中では常に気を張っていたから精神的に酷く疲れていた。

思えばルカに呼び出され、攫われたマイアの追跡に同行したときから気疲れの連続だった。

一般的な貴種《ステルラ》であるゲイルから見たルカは、化け物じみた体力の持ち主だ。その彼のペースに付き合わされたのだからたまったものではない。

ローウェルからルカのところまで《空間転移《テレポート》》で移動し、合流後は人身売買組織の追跡に付き合わされ――追跡は《認識阻害《ハイディング》》や《倍速《ヘイスト》》といった魔術を使っての馬の二人乗りだった。馬を駆るのはルカで、ゲイルはその後ろに乗っていただけだが、虚弱な貴種《ステルラ》の体には、この強行軍はかなり堪えた。

また、マイアに明かすつもりはないが、人身売買組織の馬車が蟷螂《かまきり》型の魔蟲に襲われたときに降った雨は、ゲイルの魔術によるものだ。

天候操作系の魔術は術式自体も難しければ、大量の魔力が必要になる。そのため、正確には、ゲイルとルカの二人がかりで雨を降らせた。

予定外に《雨雲《レインクラウド》》の魔術まで使う羽目になり、悪党どもの馬車を追いかけるのは想像以上に大変だった。しかしこれでケリがついたかと思うと、ようやく肩の荷が下りた気分である。

ほどなくして睡魔が襲ってきて、ゲイルの意識は深い闇の中へと呑み込まれた。

◆◆◆

体の中に温かい何かが流れ込んでくる。

お腹の上に温石《おんじゃく》をのせられて、そこから発生する熱が全身に広がっていくような感覚が気持ちいい。

その源を確かめるため、ゲイルは目を開いた。

すると、薄暗い部屋の中、茶色の髪の人影がこちらを覗き込んでいる。

ゆっくりとまばたきを繰り返すと、ぼやけていた人影がくっきりとした像を結んだ。

「マイア……？」

瞳の色も髪の色も凡庸な茶色に変わっていたが、見覚えのある顔にゲイルはぬくもりの正体を悟った。

「大丈夫ですか？　おじ様」

おじとめいという偽装はもう終わったはずなのに、マイアがまだそう呼んでくれるのがなんだか照れくさい。

「治癒の魔力を流してくれたのか」

「過労で倒れたとシェリルさんから聞いたので……少しでも回復の助けになればと思いました」

「ありがとう。かなり楽になった」

眠る前は重だるかった体が劇的に軽くなっている。体の中の魔力量はまだ万全ではないが、半日もすれば全快するだろう。

国境を越えた後の予行演習のつもりなのか、マイアはアストラの衣装を身に着けていた。恐らくシェリルが用意したのだろう。まとめあげ、歩揺の付いた髪飾りを挿した髪型もよく似合っている。

しかし、服の首元の留め具が全部留まっておらず、そこから無骨な金属製の首輪が覗いているのを発見し、ゲイルの中に不快感と怒りが湧き上がった。

(あのクソ領主)

城を出る前に追加で二、三発殴っておけば良かった。

後悔と同時に思い出す。ゲイルは眠る前、シェリルからマイアの首輪を見て欲しいと依頼されていた。彼女によると、この首輪は術式がかなり複雑に絡み合っているらしい。

「マイア、首輪を見せてもらってもいいか?」

「えっと、体調は……?」

「マイアに癒してもらったから問題ない。もう少し服の首元を緩めて欲しい」

マイアはこちらを気遣うような視線を向けながらも、服の留め具に手をかけた。

ゲイルはあらわになった首輪に右手を伸ばすと、慎重に魔力を流し、中に仕込まれた魔術式の解析を始める。そして眉をひそめた。

実は城の地下で少し触れたとき、面倒な術式が組み込まれているような気配はあったのだが、これは確かに複雑だ。

シェリルがこちらに丸投げしてきた理由がわかった。シェリルは光と水の元素魔術を得意とする魔術師だ。一方でそれ以外の魔術は不得手なので、細かい魔力操作を得意としており、元々魔道具の研究者でもあるゲイルに押し付けることにしたのだろう。

なお、ルカはもっと当てにならない。彼は身体強化系の魔術に特化した特別な存在——『超越種《トランスケンデンス》』で、魔術師というより軍人に近い。生活魔術や諜報活動の際に役立つ魔術だけ身に付けた後は、ひたすら様々な武器の扱いや生存術《サバイバル》といった、優秀な兵士になるための教育を施されていた。

ルカの生い立ちを考えると、ゲイルの中に苦いものが湧き上がる。しかし今はそれよりもマイアの首輪をどうにかしてやらなければ。

ゲイルは気を引き締めると、魔力を操り、絡まった糸のようになっている術式を少しずつ解き始めた。

◆　◆　◆

カチャリと音が聞こえ、ずっと首をいましめていた忌々しい首輪がようやく取れた。マイアは、ふうっと息をついてから改めて深呼吸をする。なんだか体が軽くなって生まれ変わったみたいだ。

「くそっ、擦《す》れて傷になってるな」

舌打ち混じりに吐き捨てたゲイルにマイアは微笑みかけた。

「大丈夫ですよ。自己回復力が高いのですぐ治ります」

「そういう問題じゃないんだよ」

ゲイルは手の中の金属製の首輪を睨みつけると、「やっぱり城を出る前に殴っとくんだった」とつぶやいた。

「取ってくれてありがとうございます、おじ様」

「ただのゲイルでいい。もう親族の設定は終わっただろ」

ゲイルの言葉にマイアはわずかに目を見開くと、躊躇いがちに尋ねた。

「でも、その名前はおじ様の本当の名前じゃないですよね……？」

「……そうだな」

職業柄、偽名を使わなければいけないことはわかる。でもそれが無性に寂しい。

「……もし差し支えなかったら教えて頂きたいんですが、おじ様の本当の名前はなんですか？」

「ヘクター・ギレットだ」

断られるのも覚悟していたのに、ゲイルはあっさりと答えてくれた。

「そんなに簡単に教えていいんですか？」

「……もうゲイルの名前は使わないからな。俺もルカと一緒だ。本国から帰還命令が出てる」

「えっ……？」

「この国で派手に動いたから、念のためにってことだと思う」

「ごめんなさい。私のせいですよね……？」

「あー、それはその通りだけど気にしなくていい。俺にとってはむしろ役得だ」

顔を曇らせたマイアに向かってゲイル――いや、ヘクターは、灰色がかった金色の髪をがしがしとかき上げた。

「俺の場合、元々諜報に回されたのが懲罰人事だったんだ。昔ちょっと色々あってな……」

そう告げるヘクターの顔は、どこかバツが悪そうだった。

「年齢的にもそろそろ帰国の話が出てもおかしくなかったし、俺が元は研究者だって話はしたよな？帰国後はそっちに戻れるって話だから、本当にマイアが気にする必要はないんだ」

「ルカもそうなんですか……？　ルカも異動になるって聞きました」

「あいつの場合はどうだろうな……そもそも俺はあいつに降りた辞令を知らないんだ。だいたいの予想はつくんだが……」

「それは訊いてもいいんでしょうか？」

尋ねると、ヘクターは一瞬停止した。そして小さく息をついてから言いにくそうに口を開く。

「たぶん軍だ」

マイアは息を呑んだ。

「ああ、アストラの軍はマイアがそんな顔しなきゃいけないほど危ない場所じゃない。諜報よりよっぽど安全だ。こっちだと本来の能力を隠して平民《オリジン》に擬態しないといけないからな」

「それは……確かにそうかもしれませんね」

ヘクターの言葉に少しだけ不安が和らいだ。

「あの……ヘクターおじ様」

「……そのおじ様呼びはもうやめないか？　呼び捨てでいい。あんまりかしこまったのは好きじゃないんだ」

「……気を付けます」

おじ様呼びが定着しているから、直すには努力が必要になりそうだ。

「あの……ヘクター、かなり無理をしたって聞きました。体におかしなところがあれば遠慮なく教えてくださいね」

おずおずと話しかけると、ヘクターは目を細めた。

「ありがとう。マイアのおかげでだいぶ良くなったからもう大丈夫だ。元々ただの魔力切れだしな」

「強力な魔力回復薬を使ったって聞きました。体調を崩して当たり前です。ゆっくり休んでくださ い」

「ああ。ルカに呼び出されてからこっちで、ずっとこき使われたからな。この機会にゴロゴロするよ」

ヘクターは一つ息をついてから、どこか悪い笑みをマイアに向けてきた。

「そういえばマイア、ルカと駆け落ちしたんだって？」

唐突に訊かれ、マイアはぽかんと呆気に取られた。

「ネリー・セネットがそう言ってた。魔蟲の討伐遠征を抜けた理由として、そんな風に説明してたんだってな」

事情を把握した瞬間、マイアは、かあっと体全体が熱くなるのを感じた。

「ネリーから聞いたんですか⁉」

「マイアの記憶を消すにあたって、あのお嬢さんとマイアとの繋がりがどれくらいか確認する必要があったからな」

「元々ネリーとは顔見知りで……他に言い訳が思いつかなかったんです」

「悪い。からかうつもりじゃなかった。《催眠暗示《ヒュプノティズム》》の魔術の強度に関わるから、一応聞いておく必要があったんだ」

「……ネリーは私のことを忘れてしまったんですよね？」

「ああ。ただ細心の注意を払って偽の記憶を植え付けたから、後遺症が出る可能性はかなり低いはずだ」

「…………」

マイアはどう返事をすればいいのかわからなかった。ヘクターとルカの痕跡を消すため、そしてマイアの亡命を成功させるための記憶操作だ。ヘクターの行動は正しい。だけど、ネリーをはじめとしたマイアに関わった人たち全員への申し訳なさも湧き上がる。相反する二つの感情が苦しい。

「自分を忘れたと聞かされたら不愉快だよな。……すまない」

ヘクターに謝られ、マイアはふるふると首を横に振った。

「おじ様はやるべきことをやっただけです。でも……どうしても複雑な気持ちになってしまって……」

「いや、マイアの感情は当然だと思う」

ヘクターの申し訳なさそうな表情に、マイアはいたたまれなくなってうつむいた。

七章　聖女の決断

　このままこの国に残るのか、それとも一緒にアストラに向かうのか――。

　マイアの結論を聞くために、自室の窓から外に出たルカは、隣の部屋のバルコニーにたたずむ人影に気付いて目を見張った。

「マイア、もしかして待ってたの？　こんなに寒いのに」

「雪が積もってたから珍しくて」

　宿の庭には、暗くなっても景色が楽しめるよう、ランタンがあちこちに設置されている。

　見下ろすと、全体的に白い雪化粧が施されている様子が見えた。

　今日も朝方から雪がちらついていた。そのせいでこれまでは日中の日差しで溶けていた雪がそのまま残ったのだろう。

　これから冬が深まると、この辺りは雪と氷で閉ざされる。トリンガム侯爵領の気候はアストラに似ているので、懐かしい祖国でもそろそろ雪が積もり始める頃だ。

「そろそろ来るかなって思ってた。廊下から来ればいいのに。またこっちからなんだね」

　マイアはこちらに話しかけながら微苦笑を浮かべた。

「廊下からだと誰かに見つかるかもしれない」

　亡命を取りやめる話をしているのだ。シェリルたちに見咎められたらまずいことになる。

「そっちに移動するから、ちょっと場所を空けてもらってもいい？」

「うん」

マイアは頷くとバルコニーの端に移動した。ルカは柵をよじ登ると、空いた空間に向かってひらりと飛び移る。

室内の照明に照らし出されたマイアの頬は、寒さのせいか赤くなっていた。

「中に入ろう。あまり外にいると風邪を引く」

「過保護だね。私は聖女なのよ？」

マイアは苦笑いした。確かに彼女は聖女だから病気には罹《かか》りにくいはずだ。高い自己回復力は怪我だけでなく病魔に対しても効果を発揮する。しかし、だからといってこんな寒い場所に長居させていい理由にはならない。

「いっぱい着てるから私は寒くないんだけど、ルカが寒いよね。部屋に入ろう」

マイアは本人が言う通りしっかりと着込んでいた。今日も身に着けているのはアストラ風の衣装だ。髪と目の色を隠して茶色になっているのが少しもったいない。

部屋の中にルカが入ると、マイアは小さな布袋を差し出してきた。

上品な紺色の袋には、ソードリリーの花が刺繍されている。

「守袋？」

「うん。ヘクターおじ様とお揃いなんだけど……あ、刺繍の図案は違うのよ。おじ様のはオリーブにしたの。そのほうがおじ様にはいいかなって思って」

ルカの刺青の図案にも使われているソードリリーは、『勝利』という花言葉を持つ戦神マウォルスの象徴だ。対するオリーブの花言葉は『知識』で、知恵と魔術を司る女神ミナーヴァの象徴である。確かに学者肌のあの男には合っている。

「……聞いたんだ。あのおっさんの本名」

「うん。教えてもらった」

午前中に城から宿に戻ってきたゲイルこと、ヘクター・ギレットの様子をマイアが見に行ったことは知っている。恐らくあの男の本当の名前はそのときに知ったのだろう。

マイアを助けるためにかなりの人間に素顔をさらしたから、ヘクターにもルカにも帰還命令が出ている。今後は本名で生活することになるので、マイアに教えても問題はなさそうだ。

「あっ、おじ様はやめろって言われたんだった。駄目だね。なんか癖になっちゃってる」

「……無理に直さなくてもいいんじゃないかな」

おじとめいという設定があったとはいえ、マイアからおじ様と呼ばれて慕われて、ヘクターはまんざらでもなさそうな顔をしていた。若い女の子に慕われていい気になっているに違いない。

「そのお守りなんだけど、袋の口の折り込んだところに護りの魔術式を縫い込んであるの。急いで作ったからあまり凝った刺繍は入れられなかったんだけど……魔術布にしておけば何かの役に立つかもしれないと思って」

手渡されるままに受け取ると、中にはポプリが入っているのかラベンダー系のハーブの匂いがした。

今日のマイアは午前中にヘクターを見舞った後、ずっと部屋にこもっていたと聞いている。きっとこれを作っていたのだろう。

「おじ様が回復して、アストラ側の準備ができ次第移動するのよね？　だったらなるべく早く渡しておいたほうがいいかなって……後からだと忘れそうだから」

「嬉しいよ。ありがとう」

お礼を言うと、マイアは嬉しそうに微笑んだ。しかしその笑みはすぐに曇ってしまう。マイアはどこか不安そうな様子でルカに質問してきた。

「アストラに着いたらルカは軍に異動になるの……？」

「……ヘクターが言ったのか」

尋ねるとマイアはぐっと黙り込んだ。素直に頷きたくないようだが、ほぼ白状しているようなものである。ルカは、ため息をつくと認めた。

「陸軍への異動辞令が出てる。まずは士官学校での訓練からになると思う」

そして恐らく相当なしごきを受けることになる。マイアに言うつもりはないが、ルカは森で彼女を助けるために自己判断で諜報任務から外れた。軍への異動にはその懲罰的な意味合いもある。

「アストラの軍は諜報より安全だから、マイアは何も心配しなくていい」

本当のことは言えない。きっとマイアを傷付けてしまう。だからルカはマイアに向かって笑みを浮かべた。

「…………」

黙ってしまったマイアの顔はどこか浮かない。

「それよりマイア、もう遅いし、ここにあまり長居するつもりはないんだ。結論が出ていたら教えて欲しい。もしこの国に残るのなら、早めに動いたほうがいい」

アストラはマイアの確保を急いでいる。まだマイアには具体的な日付は伝えていないようだが、恐らく明後日には《他者転移《テレポート・アザー》》の魔術式が組みあがるはずだ。ヘクターやシェリルの目を盗んで、マイアを首都に戻す手助けができる機会は限られている。

「この国には残らない」

マイアはきっぱりと断言した。その静かな眼差しに、逆にルカはたじろぐ。

「国境を越えれば簡単にはこちらには戻れなくなる。もしかしたら一生」

「そんなのわかってるよ。でもここで亡命をやめるって言いだしたら、ルカにもおじ様にも迷惑をかけてしまう。私は二人とも大好きだからそれは嫌なの。特にルカは、私がこの国を選んでその手引きをした場合、立場が悪くなるどころじゃないよね？」

「俺のことなんて気にしなくてもいい」

これは本音だ。マイアを逃がせばルカはその瞬間から咎人《とがびと》になるが、『超越種《トランスケンデンス》』であるルカを捕獲できる人間は限られる。自分一人だけなら逃げ切れる自信があった。

「……だめだよ。私はルカをそんな立場に追い込みたくない」

マイアの返事にルカは眉をひそめる。

「俺のことはいいから、マイアには自分のことだけを考えて欲しい。本当にそれで後悔しない？」

「しない。ちゃんと私だって考えた。考えた上で出した結論だよ」

マイアは強い口調で言い切ると、真っ直ぐにルカを見返してきた。

「私、自分でもびっくりしたんだけど、この国への思い入れなんてなかったみたい」

どこか寂しそうに告げられ、ルカは息を呑んだ。マイアは淡々と続ける。

「もし首都に戻ったら……私はまた平民の聖女として一段低く見られて、アベル殿下か他の貴族か、国の決めた相手のところに嫁がされる。そう考えたらすごく嫌だって思った」

「……聖女の血統は貴重だ。後世に残すため政略結婚を強《し》いられるのは、アストラでも同じだと思う」

発言した後でルカは後悔した。傷付けてしまっただろうか。こっそりと様子を窺うと、マイアは苦笑いをしていた。

「そうだろうね。そして色々言われるのも変わらないと思う。アストラが排他的なのは有名だもん」

平民と蔑まれるのがよそ者という視線に変わる。それなのに聖女としての役割は求められるのだ。

人とは違う特別な力を持って生まれてくるということは、必ずしも幸福をもたらすとは限らない。

それをルカは身をもって知っている。

ルカが兵士として危険な場所に送り込まれたように、特別な力は周囲に利用され搾取されるものだ。

力の強い聖女であるマイアが祖国でどんな扱いを受けるのか、蓋を開けてみないとルカにもわからない。よそ者として排斥され、この国と同じように、難しい患者の治療や面倒な仕事を押し付けられる可能性は十分にありえる。

「……この国への未練らしきものは、両親のお墓にお参りできなくなることくらいなの。だから本当に気にしないで。それよりも私は、ルカとの繋がりが切れるほうが嫌だと思った」

「そんなことで決めるなんて……」

「そんなことじゃない！　私、ルカが好きなの。だから……」

マイアの発言にルカは大きく目を見開いた。

◆　◆　◆

言ってしまった。マイアはルカの反応が怖くてうつむいた。そして更に言葉を紡ぐ。

「ルカが好き。だから私はルカの故郷を見てみたい」

時間は巻き戻せないのだ。言いたいことは今全部告げてしまわないと、この後機会が巡ってくるかどうかわからない。だから必死の思いでそう告げた。しかし――。

「……そんな一過性の恋愛感情で決断したらいつか後悔する」

ルカから返ってきたのは切り捨てるような返事だった。

「俺はマイアのその気持ちは錯覚だと思ってる。生死がかかった場面で助けに来たのが俺だったから、俺への好意が雛鳥みたいに刷り込まれたんだ。極限状態のとき、人は正常な判断ができなくなる」

そう告げるルカの顔にはなんの感情も浮かんでいなかった。なまじ整っているだけに酷く冷淡に見える。

突き放されて心がじくじくと痛んだ。だけどこの感情を、勘違いという言葉で片付けられるのは納得がいかない。

「私の気持ちを勝手にルカが決めないで。今、私が好きなのはルカなの。この気持ちは錯覚じゃない」

「だとしても、仮にアストラに亡命したとすればマイアにはたくさんの求婚者が現れる。わざわざ俺を選ぶ必要はない」

「どうしてそんなこと言うの……？　ルカは私が嫌い……？」

「……マイアは可愛いと思う。でもそういう対象としては見られない。俺にとっては妹というのが恐らく近いと思う」

ルカから向けられるのは穏やかな保護者のような眼差しだ。マイアの心が悲鳴を上げる。

妹なんて嫌だ。庇護者と庇護される者という関係ではなくて、特別な異性に対する感情が欲しい。

つん、と鼻の奥が痛くなった。そして涙腺が緩む。

（だめ）

こんな状況で泣きたくない。マイアはまばたきを繰り返して涙を散らした。

泣いたらルカに罪悪感を抱かせてしまう。いや、それよりもみっともない顔を見られたくなかった。

なけなしの矜持を振り絞り、マイアは必死に笑みを浮かべる。

「……そっかあ……またふられちゃった」

きっと今の自分は泣き笑いのような表情になっている。

あともう少し。堪えろ。

マイアは自分に言い聞かせた。

「マイア、ごめん……」

「謝らないで」

恋愛感情は自分ではどうにもならないものだ。キリクの宿で拒絶されて、マイアはルカへの恋愛感情を吹っ切ろうと努力した。でも結局割り切ったつもりになっていただけだった。

それと同じで、ルカはどうしてもマイアを異性としては見られないのだろう。それは酷く悲しい。でも——。

「ルカの答えはなんとなくわかってたよ。だから私、傷付いてない。本当に謝らないで欲しい。自分の気持ちにけじめをつけたかっただけなんだ」

次に行くために。望みはないのだときっぱりと突き付けられたほうが踏ん切りもつく。

「それに、ふられちゃったけど、結論は変わらないし変えるつもりもない。この国で聖女として過ごした時間より、ルカと旅をした時間のほうがずっと楽しかったから……新天地に懸けてみたいと思ってる」

「……本当に結論は変わらない？」

「うん。……だからもう帰ってくれないかな。さすがにルカの顔を今見るのは辛い」

マイアはどうにか言葉を絞り出すと、ルカの視線から逃れるように背中を向けた。

その直後だった。

後ろから手首を掴まれ、マイアは動揺する。

「ルカ、何……？」

「……っ、ごめん。これは、違うんだ」

ルカは慌ててマイアの手を離すと、身を引いて、マイアの腕を掴んでいた自分の手を信じられないという表情で見つめた。

かと思うと、くるりとこちらに背を向け、バルコニーに通じる窓を開け放つ。身を切るような冷気が再び外から吹き込んできた。

「まっ……」

待って、とマイアが止める間もなくルカの姿が消える。

（今のルカの顔……何……？）

マイアは大きく目を見開き、その場に立ち尽くした。

◆
◆
◆

外は雪がしんしんと降っており、かなり冷え込んでいた。

防寒着の類を一切身に着けずに飛び出してしまったから一気に体が冷える。だけどその寒さが、頭を冷やしたい今はむしろありがたかった。

ルカは分厚い雲が立ち込める空をあおいだ。上空からは白いものが絶え間なく舞い降りてくる。

月は隠れて見えないけれど、地上に魔素が降り注いでいるのは感じられた。

今日の月齢は一七だ。欠け始めたとはいえ、まだ十分な大きさを保っている。

感情が波打つのはきっとそのせいだ。ルカは自分の状態を分析した。

だけどわからないのは自分の気持ちだ。どうしてあんなことをしたのだろう。

咄嗟に掴んだマイアの腕は、貴種《ステルラ》らしく細く頼りなくて——ルカは直前までマイアに触れていた自分の右手を見つめた。

マイアは可愛い。小柄で華奢な体つきには庇護欲をそそられるし、性格だって悪くない。

そんな憎からず思っている異性から、思慕の感情を向けられたのだ。気持ちがぐらついても何もおかしくない。

キリクの宿でのマイアの姿が頭の中をよぎった。

こちらを煽るような発言をするから、腹が立ってベッドに組み伏せたときの姿だ。折れそうなくらいに細い体を押さえ込むと甘い香りがしたことが、鮮やかに脳裏によみがえる。

それを皮切りに、マイアとの記憶が次々と思い浮かんだ。


ルカは六年前から魔蟲狩り専門の傭兵としてイルダーナ王国に潜入し、諜報任務に携わってきた。

超越《トランスケンデンス》種の肉体に身体強化魔術を併用しているのだからある意味当然だが、ルカはすぐに傭兵としての頭角を現し、冬の魔蟲討伐の際には軍からの指名依頼が来るようになった。

これは『上』からの指示でもあった。軍との繋がりを作るための指示だ。討伐の様子を観察すれば、軍の規模や練度、魔術師の技量など様々な情報が得られる。

マイアの姿を初めて見たのは二年前、彼女が陸軍第一部隊に配属されたときだ。当時はこんな風に運命が交わるとは思わなかった。

首都と王城の警護を担当する第一部隊の遠征には、若手の中でも一番優秀な聖女が配属されるのが伝統だ。平民の出身ながらフライア王妃に次ぐ実力の聖女、そして有力な王子妃候補であるマイアに対して、この国でのルカは一介の傭兵にすぎない。兵の一人として治療してもらう機会はあっても、会話が許される身分差ではなかった。先月の満月の出会いは偶然だ。面識を作っておいて、いつか役に立てばいいというくらいの感覚で終わった。――はずだった。

そうこうしているうちに、異様な治癒魔力を持つ見習い聖女が登場し、マイアの失踪事件が起こった。地中に埋められていたマイアをいち早く見つけ出せたのは、《生命探知《センス・ライフ》》の魔術のおかげだ。死にかけていた彼女が息を吹き返したときには心底ほっとした。

マイアに亡命を唆したのは『上』の指示だが、自己判断で彼女の救出に動いたことは叱責の対象にもなった。しかし、『上』の回答を待っていたら、希少な聖女を救出できなかった可能性があるのでルカに後悔はなかった。

今にして思えば、一緒に旅をする中で、少しずつマイアに惹かれていったのだと思う。

平民という出自で苦労したせいか、我慢強くて物静かなマイアの側はルカにとって居心地がよかった。

好感を持っていた女性からの好意を拒否したのは、ルカにも抱えているものがあったからだ。

何もなければ……なんて仮定は無意味だ。ルカは自嘲の笑みを浮かべる。

自分もまたマイアを異性として意識していると自覚したのは、暴れ馬の暴走が原因で彼女とはぐれたときだ。繋いでいた手が離れ、人の群れに押し流されるマイアを見たときは息が止まるかと思った。

夫婦を偽装するために渡しておいた腕輪は、《追跡《トレース》》の魔術が組み込まれた魔道具だった。

それのおかげでマイアを見つけるのは簡単だったが、既に彼女は人身売買組織に囚われていた。

檻の中に囚われている姿を見たときは、目の前が怒りで真っ赤になった。必死に感情を抑えたのは、上層部から様子見するよう指示があったからだ。『上』は人身売買組織とアストラ国内で起こった子供の誘拐事件との関連性を疑っていた。

ルカはヘクターに応援を求め、人身売買組織の追跡にあたった。

その結果、組織はトリンガム侯爵に接触し――不審な治癒魔力を示すティアラ・トリンガムとの関係性が浮上した。それからルカとヘクターに下されたのはエスタ城への潜伏指示だ。人身売買組織の始末はシェリルに委ねられたが、本音を言えば、どちらも自分の手で潰したかった。

満月のフェルン樹海、そしてエスタ城の地下で、ルカの破壊衝動を治《おさ》めた癒しの魔力を流されたときの感覚が頭の中から離れない。

唯一無二の魔力を持つ可愛い年下の女の子が全身で自分を慕ってくれているのだ。心が動くのは自然なことだ。ルカは自分に言い訳をする。

手を伸ばせばアレは自分のものになる。だけどだめだ。今のマイアはまだルカが何者なのか知らない。

自分の事情に巻き込みたくない。新しい血を祖国にもたらす聖女の可能性を奪ってはいけない。上の連中の思惑に乗りたくない。色々な思いが心の中でない交ぜになり苦しかった。

ルカは手近にあった木の幹に手をついて深く息を吐いた。そのときだった。

水気を含んだ足音が聞こえた。人の気配が後ろから近付いてくる。

今は誰にも会いたくなくて、ルカは舌打ちをしながら振り返った。そして目を見張る。

「ルカ」

そこに立っていたのはマイアだった。庭のあちこちに設置されたランタンの灯火《ともしび》に照らし出され、足元が泥で汚れているのが見える。地面は雪のせいでぬかるんでいるから、そのせいで汚れたのだろう。

「なんで……いや、どうやって……？」

マイアはぶら下がるように腕を伸ばす仕草を見せた。

「こうやってバルコニーの柵にぶら下がって、えいって。でもだめだね。そんなことするのは子供のとき以来だから転んじゃった」

よく見ると足元だけでなく、下半身全体が泥だらけだ。ルカは魔術筆《クイル》を取り出すと、《浄化《ピュリフイケーション》》を使ってマイアの体を綺麗にしてやった。

「ありがとう」

マイアは自分の体を確認してからルカに向かって微笑みかけてきた。

「高いところから飛び降りたら足がじーんとするのはお約束だよね。懐かしい感覚だった」

「なんて無茶を……怪我したらどうするんだ」

「ちょっとくらいならすぐ治るよ」

「そういう問題じゃない！」

思わず声を荒らげると、マイアはむっと唇を尖らせた。

「ルカがいけないのよ。あんな顔して逃げるから」

指摘されてルカは硬直した。

いたたまれなくて飛び出す直前の自分は一体どんな表情をしていたのだろう。きっとみっともない顔をしていたに違いない。

「ねえ、ルカ、ルカもきっと私と同じ気持ちなんだよね？」

「違う」

「本当に？　全然望みはない？」

食い下がられて、ルカはマイアを正視できなくなった。

真っ直ぐな眼差しが眩しすぎる。

「マイアは誰もが欲しがる希少な聖女だ。今俺を選んだら絶対に後悔する」

「なんでそんなこと言うの……？」

何も知らずに尋ねてくるマイアに無性に腹が立った。何もかもぶちまけてしまおうかという暴力的な衝動が湧き上がる。

「……俺の体は人為的につくられたものなんだ。だから俺はマイアにふさわしくない」

「え……」

戸惑うマイアに向かってルカは自嘲の笑みを浮かべた。

◆◆◆

「俺の体には様々な魔術的操作が加えられている。それこそ母親の胎内にいるときから」

苦い笑みを浮かべながらのルカの告白に、頭の中が真っ白になった。

『人為的につくられた』

『魔術的操作』

『胎内にいるときから』

告げられた言葉が頭の中をぐるぐると回る。それぞれの単語の意味がうまく頭の中に入っていかない。

「ごめんなさい。ルカが何を言っているのかわからない……」

「俺は、ある魔術研究者が行った人体実験の被験者だった。そう言えば理解できる？」

禁術だ。まず初めにその単語が頭の中に浮かんだ。

人体に魔術的操作を加えるのは、どこの国でも研究倫理によって禁じられている。

「そんなの許されない……しかも、お母さんのお腹の中にいるときからって……」

「普通じゃない人間にそういう理屈は通じない。そいつは俺の生物学上の父親だったんだけど……困窮した女性を『使って』そういう実験を繰り返していた」

ルカの発言にぞくりと背筋が冷える。

「ひどい……」

「うん……あいつはトリンガム侯爵と同じ系統の人間だったんだと思う。……そもそもマイアはおかしいと思わなかった？　俺は貴種《ステルラ》としては異質すぎる存在だ」

言われてみればその通りだ。魔力保持者はそうでない人間よりも虚弱というのが常識である。

体調は月齢に左右されるし、個人差はあるものの喪月の日は著しく能力が低下する。

「ルカのお父様が目指したのは、喪月でも体調を崩さない魔力保持者を産み出すこと……？」

「正解。だけどそれだけじゃない。更に平民《オリジン》に匹敵する身体能力を持つ存在への品種改良があの男の目標だった」

「品種改良って……」

「家畜や農作物の品種改良に相当することを、あいつは人間でやろうとしたんだ。それも魔術を使って」

――人間の品種改良。

どこの国でも昔から支配階級は婚姻という形で魔力保持者を取り込んできた。それはある意味家畜の血統管理に近い品種改良とも言える。

肉質のいい牛や豚も、速く走る馬も、畜産に従事する人々が、長年交配を重ねた結果産み出されたものだ。しかしそこに魔術的操作を加えるのは禁じられている。

（ルカのお父様は、家畜にすら禁じられている行為を胎児のルカに――）

想像するだけで全身に鳥肌が立った。

生き物の生殖に関わる部分に魔力的操作を加える行為は禁忌中の禁忌だ。『神の領域』に人が触れることは、生命・研究倫理だけでなく人道的な観点からも決して許されてはいけない。

そもそも聖女を除外した他人の魔力は基本的に異物だ。たとえ出力を最小限に抑えたとしても、人体に流されるとぞわぞわとした不快感に襲われるものである。『魔術的操作』とやらは、小さなルカに相当な苦痛をもたらしたはずだ。考えるだけで胸が痛み怒りが湧いた。

「ルカのお父様は今どうされているの……？」

尋ねる声は自分でもびっくりするくらいに震えていた。動揺するマイアに向かってルカは苦笑いを浮かべる。

「もうこの世にはいない。禁術の研究をしていることが明るみに出て、軍が捕縛に乗り出したときに酷い抵抗をしたらしいんだ。その抵抗があまりに酷くて殺して止めるしかなかったらしい」

ルカは淡々と告げると小さく息をついた。

「父親が死んで俺は国に保護された。死んだと聞かされて正直嬉しかったよ。ああ、これで実験と称して嫌なことをされなくなるんだって思ってね」

あまりにも壮絶なルカの過去に言葉が出ない。トリンガム侯爵もだが、どうしてそんな残酷なことができるのだろう。

「父親の研究施設からは、おぞましいものがごろごろと出てきたらしいから、きっと抵抗せずに捕まっていたとしても間違いなく極刑だったと思う。だからそんな顔しないで欲しい」

「……無理だよ」

好きな人の重い過去を聞かされたのだ。普通の顔なんてできない。

どこか困った表情のルカから手巾《ハンカチ》を差し出され、マイアは自分が涙を流していることに気付いた。

「あ、わたし……」

こんなことで泣いて、ルカは不快に思ってないだろうか。

慌てるマイアの顔に手巾を手にしたルカの手が伸びてきて、優しく涙が拭われた。

「……ありがとう」

お礼を言うと、ルカは静かに首を横に振った。

「ごめんなさい。白粉が付いちゃったかも……」

夕食後に入浴させてもらったのだが、ルカが来るからマイアは軽く化粧をしていた。意識している異性には、少しでも可愛く見せたいという一心である。

「気にしなくていい。魔術で汚れは落とせる。それよりも嫌な話を聞かせてしまってごめん」

「そんな風に思ってない！　泣いてしまってごめんなさい……子供の頃のルカがされたことを思ったら……」

「生物学上の父親のところにいたときのことは、実はあんまり覚えてないんだ。痛いことや嫌なことをされたのは間違いないんだけど……」

あまりに酷い体験をすると、心の均衡を守るため、記憶が曖昧になったり、別の記憶にすり替わったりすると聞いたことがある。

苦笑いを浮かべたルカは自分の左肩に手をやった。軽くさすっているのは無意識だろうか。その下にあるものに思い至って、マイアはおずおずと尋ねた。

「もしかして、その刺青もお父様が……？」

「術式部分はね。それ以外の部分は成人してから自分の意思で入れた。国外で活動するにあたって、体に刻まれた術式を誤魔化す必要があったから……半分強制されたようなものだけど、図案は自分で決めたから割と気に入ってる」

ルカの表情がようやく和らいだところを見ると、きっと本音なのだろう。

「わ、私もルカの刺青の図案は綺麗だと思う……」

言ってからマイアは後悔した。どうにも陳腐な褒め言葉に思えたからだ。こっそりと様子を窺うと、ルカは嬉しそうに微笑んでいた。

「ソードリリーだよね？　前にちらっと見ただけだけど、かっこいい図案だなって思った」

「うん。軍人や傭兵の間ではありふれてて珍しくない図案だけど、有名な彫り師に依頼して考えてもらった」

「痛くなかった？」

「麻酔効果のある魔術薬を併用するから痛みはなかったよ」

そう告げるルカの表情は穏やかだった。

「普通の貴種《ステルラ》に身体強化の術式を刻んでも実は意味がないんだ。基礎的な筋力や骨格の強度が不足してるから使いこなせないみたいで……生物学上の父親は実験から生存し、一定の基準を満たした成功例を『超越種《トランスケンデンス》』と名付けた。俺はその一例だ。製造過程はともかくとして、貴種《ステルラ》の弱点を克服した存在なのは間違いない。だからアストラの上層部は、俺の血統を欲しがっている」

その発言にマイアは目を見張った。

「……待って、その理屈だとルカはとても貴重な人材ということになるよね？　どうして危険な諜報任務なんてやらされているの？」

「これも懲罰的人事だよ。縁談をことごとく拒否したから。それに、超越種《トランスケンデンス》は俺一人じゃないしね」

淡々とした口調で告げるとルカは小さく息をついた。

「亡命するマイアのサポートを命じられたのは、あわよくば俺が意見を翻《ひるがえ》せばという狙いがあったんだと思う。ついでに超越種《トランスケンデンス》と聖女の交配を試したかったのかも。アストラに今いる未婚の聖女は、全員そこそこいい家柄の出身で、とてもこんな話を持っていける存在じゃないから。……馬鹿にしてるだろ？」

「そんなこと……」

マイアはふるふると首を振った。

「馬鹿にしてるなんて思わない。だって私には好都合だもん。私はルカが好き。ルカも私のことを少しでも想ってくれているのなら、私はルカの側にいたい。それはルカがどんな過去や事情を抱えていたって関係ない」

「マイアは何もわかってない。マイアが希望を出せば、上層部はこれ幸いと俺とマイアをくっつけようとしてくる」

「わ、私は嫌じゃない……よ……？」

反射的にそう返してから、マイアは自分の発言が恥ずかしくなった。

マイアはルカが相手ならむしろ嬉しいけれど、ルカも同じ気持ちとは限らないということに気付いたのだ。

「俺とマイアは親しくなって二か月くらいしか経ってない」

冷静に返されてマイアはぐっと詰まった。

上流階級の世界では政略結婚は当たり前だが、一二歳まで庶民として育ったマイアの根底にあるのは庶民の感覚だ。その感覚からすると、出会って二か月で結婚というのは確かに気が早い。

「何度も言ってるけど、他の選択肢がいくつも現れる可能性がある状況で、俺を選ぶメリットはマイアにはないんだよ。それに俺は、自分の血統を残すつもりはないんだ」

「どうして……？」

「同じ体質を引き継ぐ子供が生まれたら可哀想だから。超越種《トランスケンデンス》も結局、月の影響からは逃れられない。喪月の不調とは無縁でも、満月時は魔力器官に満ちすぎた魔力の影響で破壊衝動に悩まされる。今は慣れて衝動との付き合い方がわかってきたけど、この手で人を殺しかけたこともあるんだ」

「……でもそれは私の魔力があれば治まるよね？」

「マイアが側にいてくれたら確かに治まるよ。でも俺が良くても子供は？　仮に俺とマイアの間に子供ができて、その子供が俺と同じ超越種《トランスケンデンス》だったら、マイアがいなくなった後苦しむことになる。普通に考えて親のほうが先にいなくなるんだから」

「それは……そうだけど……こども……」

顔がかあっと熱くなった。今は真面目な話をしていてそんな場合ではないと思うのに、子供ができる過程を想像してしまったのだ。

「そういう顔されたら俺も恥ずかしいんだけど……」

頬を染めながら言われてマイアは更に恥ずかしくなった。

「ルカが好きって言うだけで、結婚とかその先に繋がっていくんだね」

「貴種《ステルラ》だから仕方ない。特にマイアは聖女だから、どこに行ってもその血統を残せって言われるだろうね」

「……そうだよね。私は聖女だから。結婚相手を沢山紹介されるんだろうね」

マイアはつぶやくと、目を閉じて小さく息をついた。そしてしばしの沈黙の後ルカに向き直り、きっぱりと告げる。

「アストラの上層部が私の相手候補にルカを入れているのなら、それは私にとっては好都合だわ。誰かを選ばないといけないのならルカがいい。この気持ちはルカに何を言われても変わらない」

「わからず屋だな。アストラに行けば絶対に俺よりも条件のいい男が……」

「だからそれが余計なお世話だって言ってるの！」

マイアは語気を荒らげてルカの言葉を遮った。

「条件のいい結婚相手の紹介なんていらない。ルカが重い体の事情を抱えてるのはわかったよ。そういう話を聞かせれば私が引き下がるとでも思った？　私はルカが何を抱えていても好きだよ。この気持ちは、アストラでどんなに条件のいい人と出会ったとしても変わらないし消えない」

思いの丈をぶつけると、ルカはたじろぐような表情を見せた。

「生い立ちとか、体の事情とかで私を拒否しないで……生理的に無理とか顔も見たくないくらい嫌いだって言われたら諦めるけど……」

「嫌いじゃない。嫌いじゃないけれど子供に問題が……」

「ルカの特別な体質はどれくらいの確率で次の世代に遺伝するの？　超越種《トランスケンデンス》はルカ一人じゃないって言ってたよね？　具体的な数字は出てる？」

「……わからない。諜報に配属されてからは一回も帰国してないから……既になんらかの数字は出てる可能性はあるかも」

「アストラは大陸のどこよりも医療魔術が発達しているはずよね？　なら、ちゃんとした確率を把握してから考えてもいいんじゃないかな？」

マイアの発言を、ルカはどこか困惑した様子で聞いている。

「……どうしても高い確率で子供にルカの体質が引き継がれるっていう結果が出ているようなら、作らないって選択肢もありだと思う。魔術で避妊はできるんだし……きっと黙ってればバレないよ。そもそも授かりものだし……」

どう言葉を紡げばルカに響くのだろう。なかなかいい言い回しを思いつかなくて、焦るマイアの顔にルカの手が伸びてきた。

「……マイアは馬鹿だ。せっかく逃げるチャンスを与えてあげたのに」

雪がちらつく中、頬に触れたルカの手は冷え切って、氷のように冷たかった。

「それって……」

「………」

ルカからの答えはない。ただ怖いくらいに真剣な眼差しがマイアに注がれる。

今のルカは本来の瞳の色に戻っている。金色がかった緑色の瞳は、吸い込まれそうなくらいに綺麗で、何よりも雄弁にルカの気持ちを物語っていた。

少しずつルカの顔が近付いてきて——核心となる言葉が耳元で囁かれた。


どちらからともなく交わした初めての口付けは、誓いの儀式みたいだった。

上空からは粉雪が舞い、ランタンに照らされた庭の景色は幻想的で、このまま時が止まればいいのにと思う。

唇が解放された。それがひどく名残惜しくて、マイアは少し高い位置にあるルカの顔を見つめる。

「そろそろ戻ろう。風邪を引いてしまう」

ルカもまたどこか名残惜しそうに見つめ返してきた。

「……そうだね。私は大丈夫だけど、ルカが寒そう」

ルカの格好は見るからに寒い。マイアは肩にかけたショールを外そうとするが、その手を制され、抱き寄せられた。

「マイアが温めてくれる？」

囁かれ、マイアはルカの腕の中で身を硬くする。

「ごめん。調子に乗ったかも。嫌だった？」

離れていこうとしたルカの体を、マイアは慌てて引き止めた。

「い、嫌じゃない！　嫌じゃないけど……いきなりこんな……」

これまでのルカは常にマイアに対して一線を引いてきた。だから突然の甘い態度に気持ちがついてこない。

戸惑っているうちにルカの体が、すっと離れた。その感触が名残惜しくてマイアはルカの服の袖口を掴む。

「ちょっとびっくりしただけだから……その、私で良ければ……」

口ごもりながら上目遣いにルカの様子を窺うと、ルカは口元を押さえていた。

「ルカ、どうしたの？」

「……無自覚って性質が悪いなと思って」

ルカの発言の意味がわからず首を傾げていると、ルカはその場に屈み、マイアの体に手を回した。かと思うと次の瞬間、視界が上に移動する。気が付いたらマイアはルカに抱えあげられていた。

「!?」

面食らうマイアにルカは悪戯に成功した子供のような視線を向けてくる。

「足元が悪くて汚れるから。だめ？」

「だめ……じゃない」

こんな風に聞くのは卑怯だ。ルカを好きなマイアが触れ合いを拒める訳がないのだから。

「重くない？」

「全然。マイアはもうちょっと太ったほうがいい」

ルカの視線はマイアの胸元に向いている。

「どこ見てるのよ、ルカのバカ！」

思わず胸元を手で隠すとクスクスと笑われた。


ルカはマイアを抱えたまま宿の建物に向かうと、城から脱出するときに使った魔力の糸を出す魔道具を使い、部屋のバルコニーまでマイアを送り届けてくれた。

「もうここから飛び降りるとか止めて欲しい。心臓に悪い」

「ルカが悪いのよ。あんな顔して逃げるから……」

むっとしながら言い返すと、大仰なため息をつかれた。

「俺は自分の部屋に戻るから、マイアは温かくして寝ること」

あっさりと立ち去ろうとするルカにマイアは目を見開いた。

「帰っちゃうの……？」

「女の子の部屋に居座るような時間じゃないから……マイアのことは大事にしたいんだ」

「大事になんてしてくれなくていい……」

マイアは消え入りそうなくらい小さな声でルカに告げた。こんな誘うような言葉を告げて、ふしだらだと呆れられるだろうか。でも撤回はしない。ここで確かな繋がりを作っておかないと、また理由を付けて逃げられる気がした。

「……マイアはやっぱり馬鹿だ」

ルカが囁いた。と思ったら唇を奪われる。今度は庭で交わしたような優しいものではない。

マイアは目を見開くが、驚いたのは一瞬だけで、すぐにその口付けに応えた。

◆
◆
◆

最近は肌寒くて目覚めることが多い。

今日もそれで、肌に触れる冷気に半覚醒したマイアは、ぬくもりを求めて毛布の中に潜り込んだ。

すると、すぐ隣に随分と温かい熱源がある。

なんだろう。ううん、なんでもいい。マイアはその熱源に体を擦り寄せた。すると何かがマイアの前髪に触れる。その何かは前髪をくすぐるように弄ぶと、次に頬に触れてきた。

「ん……」

目を開けると、至近距離に人の顔があったので仰天する。

そこにあったのは穏やかな笑みを浮かべマイアを見つめるルカの姿だった。ふわふわの髪の毛が寝乱れていて、その少しだらしない姿がなんだか可愛らしい。

「おはよう、マイア」

緑金の瞳を細め、ルカは声をかけてきた。毛布の隙間からは素肌が見えていて、マイアはぎょっと目を見張った。

「!?」

そして思い出す。ルカと一夜を過ごしたことを。一応ガウンを身に着けていたが、これはマイアを気遣ったルカが着せてくれたのだった。

どうしよう。昨日のことを思い返すとすごく恥ずかしい。ルカと触れ合って幸せだったけれど、誰にも見せたことのない姿を見せたのだと思うと、この場から逃げ出したくなる。

「マイア、体は辛くない?」

「平気……」

答える声は自分のものとは思えないくらいかすれていた。

乾燥を感じて咳き込むと、ルカは半身を起こし、ベッドサイドのテーブルに置かれていた水差しからグラスに水を注いで渡してくれた。

かなり喉が渇いていたので、マイアは一気に飲み干してしまう。

「ありがとう」

ひと心地ついてお礼を言うと、ルカは「寒い」とつぶやいてマイアの隣に潜り込んできた。

そしてマイアの体を抱き込んでくる。ルカの筋肉質な素肌の感触を感じて、マイアはいたたまれない気持ちになった。一応下は穿いているようだが、こっそりと視線を送ると、昨夜はなんとなくしかわからなかった綺麗な大胸筋やら上腕筋がばっちりと見えている。

「ルカ、少し離れて」

「なんで？　引っ付くのは嫌？　それとも後悔してる？」

「後悔なんかしてない！　ただ恥ずかしいだけ……」

「可愛い」

更に強く抱きしめられ、マイアは、かあっと全身が熱くなるのを感じた。

昨日、マイアを部屋へと送り届けたルカは、そのまま紳士的に立ち去ろうとしたのに。引き止めて部屋の中へといざなったのはマイアだ。

体を重ねるに至った経緯をこと細かに思い出し、マイアはギュッと目をつぶると枕に顔を埋めた。

マイアは初めてだったがルカは手慣れているみたいだった。童顔で若く見えるがルカはマイアより七つも年上だ。経歴を考えても経験がないと考えるほうが不自然だ。……と考えるともやもやした。

嫉妬に眉を寄せると、こめかみにルカの唇が降りてきた。

顔を上げると優しげに微笑むルカと目が合う。これまでの態度と全然違う甘い雰囲気に、心臓が早鐘を打った。

「態度がいきなり変わってない……？」

「恋人とそうじゃない子に対しては普通、態度も距離感も変わると思うけど？」

戸惑うマイアにルカが向けてきたのは、からかいを含んだ甘い眼差しだった。

終章　新天地へ

アストラはマイアの確保を急いでいる。

それを裏付けるように、移動日は性急に決まり、翌日には《他者転移《テレポート・アザー》》の儀式魔術の準備が完了していた。

マイアは自分にあてがわれた部屋で、身を硬くしながら待機していた。もうすぐ新天地に向かうのだと思うと否が応でも緊張する。

ドアがノックされたので開けに行くと、ルカの姿があった。マイアはその姿に目を見張る。

ルカはアストラの民族衣装を身に着けていた。

（そっか、帰国するから）

マイアもシェリルに準備してもらったアストラの衣装姿だが、男性の衣装はまた趣《おもむき》が違って格好いい。

「準備はできた？　そろそろ行こうか」

「へ、あ、はい！」

思わず口ごもったのはルカに見とれたせいだ。金糸で草木の刺繍が施された紫紺の民族衣装はどこか禁欲的で、彼によく似合っていた。

マイアは肩にかけた鞄の肩ひもを握りしめると、慌ててルカの後を追った。

《他者転移《テレポート・アザー》》の術式が組まれた部屋に移動したマイアは、床いっぱいに書き込まれた魔術式に圧倒された。

精緻な術式もさることながら、中には複数の月晶石が組み込まれていて、一体どれほどの資金をつぎ込んだのかを考えるだけで目眩を覚える。同時にアストラの意気込みが肌で感じられて体が震えた。

これからマイアはこの魔術式を使い、ルカと一緒に国境を超える。

室内には既にヘクターとシェリルがいて、何やら話し込んでいた。しかしマイアとルカが入室すると、二人とも会話をやめてこちらに視線を向けてくる。

ヘクターは今回この魔術では移動しない。彼にも帰国の命令は出ているのだが、まだこの国でやるべきことが残っているそうだ。そのため今日は術式の管理者として、マイアとルカが安全に移動できるようサポートしてくれることになっていた。

「マイア、忘れ物はないか？」

声をかけてきたヘクターにマイアは頷く。

準備といっても、向こうに持って行けるのは手荷物一つだ。転移系の魔術は移動距離と移動させる質量によって必要な魔力量が変わるから、鞄に入りきらない荷物は、後日ヘクターや伝令ギルドに依頼して届けてもらうことになっている。ちなみにマイアが肩にかけている鞄は、ローウェルでルカに買ってもらったものだった。どうやら裁縫箱と一緒にルカがここまで持ってきてくれていたらしい。

「心の準備も大丈夫か？」

「はい。少し緊張はしていますけど……」

マイアはヘクターに答えながら隣のルカの顔を見上げた。ルカはマイアに向かって目配せをすると勇気づけるように頷いた。

「術式の起動にはマイアの魔力も貸して欲しい。結構たくさん注がなきゃいけないからちょっと大変かもしれない」

「向こうの準備はできているみたいよ。そろそろ始めましょうか」

ヘクターに続いてシェリルが声をかけてきた。魔術式の外側には小さなテーブルがあり、その上にはパウダーケースのような形をした通信魔道具が置かれている。どうやらそれでアストラ側と連絡を取っているようだ。

シェリルの合図で魔術式に魔力を満たす作業が始まった。その場にいた全員で魔力を注ぐと、少しずつ術式が金色の光を帯び始める。

この術式の構築には、経費もさることながら、一体どれほどの人の労力がかかっているのだろう。生きている人間を安全に転移させるためには、移動する距離に応じた大量の魔力と月晶石が必要になるだけでなく、入り口側と出口側の両方で細心の注意を払って術式管理を行わなければいけない。今頃アストラ側でも、複数人の魔術師が慎重に移動の様子を見守っているはずだ。

外に魔力の光が漏れないよう、部屋の中は木戸と分厚いカーテンで厳重に閉ざされている。

やがて術式全体に光が行き渡った。

真っ暗な部屋の中、魔術式全体が金色に輝き、光の柱となって立ち上る様子は神秘的だ。

「ルカ、マイア、もういいぞ」

ヘクターに声をかけられて、マイアは魔力を注ぐのをやめた。

「マイア、本当にいい？　中に入ればもう後戻りはできない」

声をかけてきたルカにマイアは苦笑いを浮かべる。

「この状況でやっぱりやめたなんて言えないよ」

「……そうだね」

それでも何度も聞いてくれるのは、きっとルカが優しいからだ。

ルカの手がこちらに差し伸べられた。マイアはその手をしっかりと掴む。

この先に待っているのは見知らぬ国での新しい生活だ。それを思うとマイアの心は期待と不安がない交ぜになる。

――だけど。

手の平から感じるルカのぬくもりを信じようと思った。

胎児の頃から魔術的操作を受けてきた彼は体に事情を抱えていて、自分と同じ体質を持つ子供が生まれることを恐れている。

その話を聞かされて正直動揺したけれど、ルカはマイアを助けてくれたから、それくらいでこの気持ちは揺らがないという結論に至った。

この人もマイアを求めてくれた。今はそれだけで十分だ。

マイアの聖女の魔力には、ルカの中の破壊衝動を鎮める効果があるという。ルカがマイアを求めてくれたのは、もしかしたらこの魔力が目当てなのかもしれない。

そんな疑問がちらりと頭の中をよぎったが、マイアは即座に構わないと思い直す。

この魔力も含めて自分だ。この魔力がなければ平民の中でも貧しい暮らしをしていたし、こうしてルカに出会うこともなかった。

人と違う特別な力のせいで、他人から沢山利用されたけれど、そのおかげで得られたものを考えると、収支を細かく計算していけば結果的には大きな黒字になっている。

恵まれた衣食住に、隣を歩いてくれる異性まで手に入れたのだ。これで恵まれていないなんて言ったらきっと天罰がくだる。

マイアは顔を上げると、ルカの先導に従って、光の柱の中に足を踏み入れた。

後日談（一）　小さな芽吹き

「王手《チェックメイト》」

ネリーは宣言しながら騎士《ナイト》の駒を動かす。すると、チェスボードの向こう側に座る少年は、悔しげな表情をして爪を噛んだ。

「その癖は直したほうがいいわよ、アイク。爪が歪むわ」

少年――アイク・ブレイディは、ネリーの指摘に行儀悪く舌打ちをした。

「うるさいな。僕の爪が歪んでもネリーには関係ないだろ」

「そうね。アイクの爪がどうなっても私には関係ないけれど、レリアおば様がきっと悲しむわ」

レリアはアイクの母親、ブレイディ男爵夫人だ。

アイクと外見は似ているが、その中身はアイクとは全然違って、優美な雰囲気を持つ穏やかな貴婦人である。

アイクをここ――セネット伯爵家のタウンハウスに連れてきたのはブレイディ男爵夫人で、今はネリーの母親と仲良く温室《コンサバトリー》でティーパーティーの真っ最中のはずだ。

あの夫人からどうしてこんな生意気な子供が産まれてきたんだろう。ネリーはまじまじとアイクの顔を見つめた。

「何か失礼なことを考えてるだろ」

アイクは妙に勘が鋭い。ネリーはギクリとしながらも慌てて誤魔化した。

「そんなことないわよ。それよりも早く降参しなさいよ」

盤面を指さしながら指摘すると、アイクはぐっと詰まった。

「負けました」

素直に負けを認めると、アイクは行儀悪く椅子の背もたれにもたれかかった。

「くっそ、なんで勝てないんだ」

「アイクは感情が顔に出すぎるのよ。なんとなく次に何をするつもりなのかわかっちゃうのよね」

ネリーはすまし顔で答えた。アイクがネリーに勝てない理由は実はそれだけではない。

ネリーの亡くなった祖父、ザカリー・セネットはチェスの名手として有名だった。どうやらネリーはその祖父の血を色濃く継いだようなのだ。特に祖父から手ほどきを受けた訳ではなかったのに不思議である。

晩年は女性に対する態度が酷かった祖父に似ていると言われると複雑だったが、今こうしてアイクを暇つぶしに叩きのめせるのは悪くない。ネリーは敗因を検討して首をひねるアイクの姿に、勝ち誇った笑みを向けた。

「チェスはだいたい性格が悪い奴が勝つんだよ」

アイクは負け惜しみのように吐き捨てる。

「その理屈だと私は弱くないとおかしいわ」

「自分を知らないって幸せだよな」

「いつ会っても失礼ね。レディに対する発言じゃないわよ」

「レディらしく扱ってもらいたかったらそれなりの態度をしろよ」

「失礼ね。私はこの上なくレディだわ。あなた、目が悪いんじゃないの？」

ネリーはツンと顔を逸らした。するとアイクは大仰にため息をつく。そしてじっとネリーを見つめてきた。

「……なあ、ネリー、その後何か思い出したか？」

深刻な表情での質問に、ネリーはアイクへと視線を戻した。

「全然。アイクは？」

「僕も何も」

「そう……」

「しつこいよな、監察官のおっさんも。何回来ても一緒だってのに」

「グローサー宮中伯とお呼びしないと駄目よ。あなたそんな言葉遣いじゃ、ブレイディ商会の後を継ぐなんて絶対無理だと思うわ」

「うるさいな。本人の前ではちゃんとしてる」

アイクは、むっと唇を尖らせると、チェスの駒の並べ直しを始めた。

「……まだやるの？」

「嫌なのかよ」

「嫌じゃないけど、あなたも懲りないわね」

「次こそ絶対勝ってやる」

アイクはやる気だ。

（勝てない勝負を何度も挑むなんて物好きね）

ネリーは軽く肩をすくめると、チェスボードに向き直った。


アイクが母親のブレイディ男爵夫人に連れられて、セネット伯爵邸にやって来るのは実は初めてではない。お見舞いという名目の訪問は、トリンガム事件から半年が経過した今も定期的に続いていた。元々セネット伯爵家はブレイディ男爵家の経営する商会の顧客ではあったのだが、同じ誘拐事件の被害者の親という立場から、ぐっと距離が近付いた。今では母親同士意気投合し、公私ともに親しい付き合いとなっている。

また、男爵夫人がアイクを連れて頻繁にやって来るのは、得体の知れない魔術師に記憶の操作をされた者同士、一緒に過ごすことで、何か思い出すのではという期待もあるのかもしれない。

ネリーはアイクが初めてこの邸を訪れたときのことを思い出した。

フロックコートを身に着けたアイクは、ちゃんと貴族の子供に見えたので正直衝撃だった。元々アイクの顔立ちは悪くない。髪の色は上流階級に多い金髪で、オレンジ系の明るい色味は溌溂《はつらつ》とした印象だし、黄緑の瞳も宝石のペリドットみたいで綺麗だ。

ブレイディ男爵家は、アイクの祖父の代に貿易で財を成し、貴族の仲間入りを果たした。歴史の浅い新興貴族で、社交界では成金と馬鹿にされることもある家柄だが、アイクの祖母も母も名の知れた名門の出身である。

この二代にわたる婚姻は、金で娘を売ったと上流階級では悪意ある噂に晒された縁組みだったが、血統を考えるとアイクの出自は悪くない。よく見るとちょっとした仕草は洗練されており、しっかりとした教育を受けてきたことが窺えた。

そんな小さな貴公子然とした姿で、「お久しぶりです、セネット伯爵令嬢」と挨拶しだしたものだから、ネリーはアイクの皮をかぶった別人が現れたのかと本気で疑った。

彼の態度が馴染みのある生意気なものに戻ったのは、二人きりになったときだ。

子供だけで話したほうがいいのでは、とお互いの母親たちの意見が一致したため、ネリーはアイクに庭を案内することになった。そのとき、あまりの薄気味悪さに、「あなた本当にあのアイクなの?」と声をかけたのが、アイクの態度が変わったきっかけだった。

「なんて失礼な奴なんだ。一応気を遣ってやったのに」

「何よそれ。気を遣うなら最初からやりなさいよ」

当然のように言い合いになったが、その姿を見た母親は『ネリーが元気になった』と受け取ったようだ。それ以来、アイクの訪問があるたびに、二人で過ごす時間が作られるようになってしまった。

歳が近いとはいえ性別が違うので、一緒に過ごすにしてもできることは限られる。チェスは平和的に時間を潰すのにちょうど良かった。

「こんな序盤でいつまで長考するんだよ」

声をかけられて、ネリーは、はっと我に返った。よそ行きの仮面を外したアイクは年下のくせに生意気だ。最初は腹が立つだけだったアイクの姿は、今ではネリーにとって一つの救いになっていた。

人身売買組織から救出され、帰ってきてからというもの、誰もがネリーを腫れもののように扱う。実際ネリーは腫れものだ。誘拐された先で『何をされたかわからない』と、ひそひそと噂されるようになってしまったのだから。

人身売買組織から救出された全員が、得体の知れない魔術で記憶の操作を受けていたことが明らかになると、更なる憶測を呼んで酷い噂に拍車がかかった。

それを思い出すと憂鬱になる。ネリーはため息をつきながら駒に手を伸ばした。


「先週カーヤとファリカさんに会ってきた」

ぽつりとアイクが話しかけてきたのは、盤面が中盤辺りに差しかかったときだった。

カーヤもファリカも今はそれぞれの家族のところに帰って、普段通りの日常を取り戻しているはずである。

「キリクに行ったの？」

「ああ」

反射的に頭の中に浮かんだのは、『ずるい』という単語だった。

ネリーはずっと邸の中に軟禁されているような状態なのに、簡単に外出が許されるアイクが羨ましい。

アイクが許されてネリーには許されない理由は簡単だ。アイクが男の子でネリーが女の子だから。誘拐事件の後も、アイクにはネリーほどの傷は付かなかったのだから、この世界は女の子には厳しくできている。

ずるい。なんで。どうして。私は駄目なのに。

醜い気持ちが湧き上がるが、それをアイクにぶつけるのは絶対に嫌だった。

みっともなく八つ当たりするなんて矜持《きょうじ》が許さない。ネリーは必死に荒ぶる自分の感情を抑えると、平静を装ってアイクに尋ねた。

「二人とも元気だった？　あれ？　でもファリカさんはサザリアに住んでいるはずよね？」

「キリクには実家があるとかで時々里帰りしてるみたいなんだ。そのついでにカーヤとも会ってるらしい。二人とも元気そうだったよ」

「ファリカさんは確か結婚されていたわよね？　誘拐されたことで、ご主人との間はおかしくなったりはしなかったのかしら？」

「大丈夫なんじゃないかな？　ファリカさん、お腹に赤ちゃんがいるみたいだし」

「えっ」

「三か月だって。里帰りのタイミングでわかって、産み月まではキリクの実家で過ごすって言ってた」

「そうなんだ……」

ネリーは傷物扱いなのに平民の世界はまた違うようだ。なんだかもやもやするが、ファリカの家族関係が良好なのは純粋に喜ばしかった。

「私はここを出してもらえないから、手紙を送ることにするわ。教えてくれてありがとう」

ネリーの返事を聞いたアイクは、どこか苦い表情をネリーに向けてきた。

「噂のせいだよな……？」

「なんの噂かしら」

とぼけると、アイクはぐっと言葉を詰まらせた。

生意気で腹の立つ言動も多いが、攫われたときのアイクはカーヤには優しかった。これで一応紳士的なところもあるから、ネリーに関する下世話な噂を口にするのは憚《はばか》られるのかもしれない。

「誘拐された先で何をされたかわからない。可哀想な伯爵令嬢。今後まともな嫁ぎ先は望めない。こんなところかしら？」

ネリーの言葉に動揺したのか、アイクのペリドットのような瞳が揺れる。少しだけ溜飲が下がった。

「そこまで傷付いてはいないから安心して。お父様もお母様も、いい嫁ぎ先が見つからなかったときは、ずっとここにいていいと言ってくれているの。政略結婚の駒に使われる可能性が減ったと考えると、そう悪いことばかりでもないのかなって思ってるわ」

この発言は負け惜しみではなく、本音も混ざっている。

貴族の娘としては欠陥品だと囁かれるのは腹立たしいし悲しいけれど、政略結婚の先に待っているのは幸せな結婚生活とは限らないのだ。

「僕が……」

アイクが何かを言いかけた。

しかしすぐに黙り込み――。

「やっぱりなんでもない！」

強く否定される。彼の頬は赤く染まっていて、ネリーは目を見開いた。

後日談（二）　第二王子の婚約

メリル・カリストは不機嫌な表情で、ヒースクリフ城内の長い廊下を歩いていた。

気分は神の供物に捧げられる子羊である。舌打ちしたい気分で先導する女官の背中を睨みつけた。

メリルの左右には両親が、背後には王城の警護を担当する近衛兵がいるという状態だ。逃げ出したくても逃げられない状況である。

メリルは聖女だ。普段は城の中にある施療院で働き、城内に与えられた部屋で寝泊まりしていた。

だからなんとなく城内の構造は把握している。今メリルたちが歩いているのは、普通では入れない王族の居住区域だった。

女官がメリルたちを案内したのは、その一角にある居間のような部屋である。

この国の主たちが生活する場だけあって、廊下から高級品で溢れていたが、室内はそれ以上だ。

水晶硝子をふんだんに使ったシャンデリアに綺麗な風景画、美しい絵付けが施された陶器の花瓶——。

没落した貧乏男爵家出身のメリルには、それらの正確な価値はわからない。キラキラしていて高そうだな、この部屋の中の美術品を全部売ったらいくらになるだろう、という情緒のない感想しか出てこなかった。

何しろ生家はメリルが聖女として稼いだ給金を吸い上げて、どうにか貴族としての体面を保っているという貧しさだ。聖女認定を受けて城に出仕するようになるまで、高級品には全く縁がなかった。

高そうな品物ばかりをそこかしこに並べているのに、成金感がなく上品にまとめられているのは、さすが王族というべきだろうか。このセンスは純粋にすごいと思った。


室内の大きな丸テーブルには既に三人の人物が着いていた。

国王と王妃、そして第二王子のアベルだ。そうそうたる顔ぶれにメリルは身を硬くする。

「カリスト男爵。よく来てくれた。夫人と令嬢も」

国王とアベルが立ちあがり、母とメリルのために椅子を引いてくれる。勧められた席に着き、こっそりと両親の様子を窺うと、二人とも緊張しているのか顔色が悪かった。

「早速本題に入りますね。今回は婚約の話を受けてくださってありがとう、メリル嬢」

声をかけてきたのは王妃だった。

「大変ありがたいお話を頂いたと思っております」

好きで受けた訳ではない。王家からの申し出を誰が断れるのだ。

メリルは王妃に返答しながらも心の中で不平を漏らした。

メリルは未婚の聖女の中ではマイアに次ぐ実力の持ち主だった。だから、マイアの失踪を受けて、繰り上がるようにアベルとの縁談がメリルに降ってきたのだ。しかもメリルの場合、妃候補という中途半端な立場では済まず、いきなり王家から正式な打診が来た。

両親は大喜びだったがメリルはちっとも嬉しくなかった。王家の横やりが入って、それなりに良好な関係を築いていた婚約者とお別れする羽目になったからだ。恨みたい気持ちにもなる。

身分と見た目は元婚約者よりアベルのほうがずっと上だが、マイアに対するアベルの態度は酷いものだった。それを知っているだけに、メリルにとって、この縁談は不安を覚えるものだった。

婚約について親同士は何やら難しい話をしている。その会話を適当に聞き流し、メリルはこっそりとアベルの様子を窺った。

繊細な金髪にサファイアのような青い瞳。いつ見ても眉目秀麗《びもくしゅうれい》な青年だ。だけどメリルは知っている。ずっとアベルはマイアに冷たかった。

平民出身のマイアと貧しい下級貴族出身のメリルは、いわば運命共同体だった。共に身分が低いのに高い魔力を持っていたから、『汚れ仕事』を分担する仲間だったのだ。

メリルはマイアより二つ年上だ。マイアが聖女認定を受けるまでは、嫌な患者を診る仕事はメリル一人に押し付けられていた。

女の世界は割とどこでもドロドロしている。聖女なんて呼ばれていても、中身は結局普通の人間と同じで、施療院の中も例外ではなかった。家柄の良い他の聖女の手前、表立ってマイアと親しくはできなかったが、彼女の登場でメリルは救われた。だからマイアをないがしろにしてきたアベルにはいい感情を持てなかった。

マイアが行方不明扱いになっているのは、フェルン樹海で行方不明になり、遺体が見つからなかったためだ。魔素を求めて喰い合いをする魔蟲にとって魔力保持者はご馳走である。マイアが生きている可能性は限りなく低い。そう考えるし心が痛んだ。

そもそもマイアが行方不明になったのは、アベルに横恋慕《よこれんぼ》したティアラ・トリンガムが裏で手を引いたからだと聞いている。それを思うと、アベルに対して湧き上がるのは許せないという感情だ。

目の前のアベルの姿は、記憶の中のそれよりも痩せて顔色が悪かった。

しかしそんな姿も儚《はかな》げで、どこか退廃的に見えるのだから美形は性質が悪い。見た目と身分だけは抜群な王子様である。

（ううん、いくら顔が良くても中身がね……）

メリルは心の中で思わず見とれた自分を叱咤した。

特にメリルが許せないのは、アベルの冷たかった態度は愛情の裏返しだったという噂だ。

トリンガム事件でマイアを失って、塞ぎ込んだ結果がこのやつれようだと聞いて、メリルの中に浮かんだのは『ふざけるな』の一言である。

一方で両親は諸手をあげて婚約者のすげ替えに賛同した。この両親は、メリルをより良い場所に売り飛ばすことしか頭にない屑だ。

メリルの実家は父が怪しい儲け話に手を出して失敗し、莫大な借金を抱えたせいで没落した。更に悪いことに、裕福だった頃の生活水準が捨てられず贅沢を続ける母のせいで、借金の額は一向に減る気配がなかった。

メリルが聖女認定を受けたのも良くなかった。聖女に支給される給金はかなり高額で、それを使えば母が満足する生活ができたからだ。

両親や弟妹にとってメリルは金づるだった。

家族がそうなってしまったのは幼いうちに魔術塔《マギア・トゥルリス》に招かれ、世間知らずのまま成長した自分のせいかもしれない。もし聖女認定を受けた一八のときに戻れるなら、自分を屑親から逃げろと叱り飛ばす。メリルはこっそりとため息をついた。

領地のための投資で大損した。このままでは領民の生活を圧迫する――そんな風にもっともらしい理由を並べられて、両親に同情した愚かな自分は、給金の支払先を実家へと設定してしまったのだった。

真相が発覚し、両親が酷い人間であることを思い知ってからも、メリルは幼い弟や妹が不憫だったので給金の支払いを引き下げず支援を続けた。

だけど、生家に戻るたび『ねえさまねえさま』と慕ってくれた弟妹の本性を、彼女は、ついこの間知ってしまった。

それは五日前、王室からの縁談の打診を受けて生家に呼び出され、婚約者がアベル王子に変更になると告知された直後のことだ。

落ち込みながら、弟妹に慰めてもらおうと子供部屋を訪れたメリルは、部屋の外まで響き渡る無邪気な嘲笑を聞いて硬直した。

『もう！　ルークのばか！　ドレスが破れたじゃない』

『もっといいのを買ってもらえばいいだろ。王家から支度金がいっぱい送られてきたんだから』

『そうよね。こないだお母様がブレイディ商会を呼んで、また宝石を買っていたわ』

その言葉を聞いた瞬間、メリルの中から家族に対する感情が砕け散った。

自分は今までなんのために嫌な思いをしながら働いてきたのだろう。

両親に対する期待、情、弟妹を可愛いと思う気持ち――何もかもが自分の中から消えていくのを感じ、メリルはそっとその場を立ち去った。


天涯孤独で頼る者がおらず、平民の孤児と蔑まれるマイアと、感覚のおかしい家族が瘤《こぶ》のようにつきまとい、下級の貧乏貴族と蔑まれる自分、どちらがより不幸だろうか。……とちらりと考えたところで、メリルはその考えを振り払った。

不幸比べなんてしても意味がないしマイアにも失礼だ。メリルは自分を恥じて俯いた。

そのときだった。

「――せっかくだから婚約者同士、少し交流を深めてきなさい。アベル、今日は気持ち良く晴れているんだし、庭園を案内してあげたら？」

そんなフライア王妃の言葉が聞こえてきて、メリルはハッと現実の世界に引き戻された。

アベルは「はい」と返事をし、立ち上がるとこちらに向かって手を差し出してくる。

内心では気乗りしなかったが、メリルは渋々とその手を取った。

◆　◆　◆

王族の居住区域内にある庭園も、普通には入れない場所だ。

そこに案内されるというのは名誉だが、メリルの気持ちは沈んだままだった。美しく咲き乱れる季節の花々を見ても、ちっとも心が浮き立たない。こっそりとため息をつくと、メリルをエスコートして隣を歩くアベルが話しかけてきた。

「メリル嬢、私との婚約はそんなに不本意だろうか」

「おわかりになりますか？」

メリルは暴力的な気持ちで返事をする。

「……あなたの態度を見ていれば」

「感情を隠すのは苦手なので。……不敬だと処罰されますか？」

メリルは自暴自棄になっていた。気に入らない男に嫁ぎ、それが家族の利益になるくらいなら犯罪者になったほうがマシだ。メリルを処罰するついでに家族も困ればいい。

「処罰などしないしできない。マイアの所在がわからない今、聖女一人ひとりの重要性は増している。マイアは辛抱強く堪えていたが、あなたはマイアと違って嫌悪の感情を随分とはっきりと表に出すんだな」

「あら、マイアに嫌われていた自覚もお持ちだったんですか」

メリルの冷たい発言に、アベルは、ぐっと押し黙った。

気まずい沈黙が続く。

耐えられなくなって先に根負けしたのはメリルだった。

「正直に申し上げると、私は自分がどうなってもいいと思っています。縁談を持ち込むにあたって私の身辺はお調べになったのでは？」

「……そうだな。ご家族のことで色々と苦労してきたようだ」

アベルは小さく息をつくと、一番近くにあったベンチにメリルを誘った。

「少し座って休もう。長い話になりそうだ」

「…………」

メリルは黙りこくると、勧められるままにベンチに腰かけた。

薔薇のアーチに藤《ウイステリア》のカーテン。王室の庭は整然と整えられて見事だ。

一方でメリルの生家、カリスト男爵家は、表面上は整えられているように見えても、邸の裏に回れば雑草が伸び放題になっている。比較すると笑いがこみ上げてきた。

「……あなたのご両親が俗物であることは承知している。だからあなたには一旦どこかの養女になってもらう予定だ。義姉上との兼ね合いを考えるとサザーランド侯爵家かセネット伯爵家あたりが候補になってくると思う」

メリルは世襲貴族の勢力図を思い浮かべた。アベルが名前を挙げた貴族たちは、王太子妃の実家とは対立関係にある貴族のはずだ。

「マイアにはしなかったことを私にはしてくださるのですね」

「……平民という出自のせいで、あんなに侮られていたとは知らなかったんだ」

そう告げながらアベルは表情を曇らせた。

「知らなかったという一言で済まされては彼女が可哀想です。殿下の態度もまた周囲の侮りを助長させるものでした」

「……どうしていいかわからなかったんだ」

苦しげな表情に怒りが湧いた。

「私、嫌な噂を聞きました。殿下のマイアへの態度は好意の裏返しだったという噂です。……まさか真実だなんて仰いませんよね？」

嘲笑混じりに糾弾するとアベルの瞳が動揺に揺れた。そんな姿にメリルの中の怒りは更に膨れ上がる。

「マイアの前に出ると緊張して気の利いた言葉が出てこなかった。いずれ自分のものになるのだから、ゆっくりと誤解を解いていけばいいと思った」

「屑ですね」

吐き捨てると、アベルはうつむいて額を押さえた。

「返す言葉もない。私は屑だ」

「…………」

沈黙し、軽蔑の眼差しを向けるメリルに、アベルは頭を下げた。

「申し訳ないが、王家はあなたの魔力を必要としているので婚約の解消はできない。こんな男に嫁ぐのは嫌だと思うが、我慢して欲しい」

メリルは即答せず頭の中で計算した。

正直アベルに嫁ぐのは嫌だし元婚約者への未練もあるが、実家との縁が切れて施療院内での地位も上がると考えるとそこまで悪い話ではない。

元婚約者は伯爵家の嫡男だったが、うまく結婚できたとしても、実家が嫁ぎ先に迷惑をかけるのではないかという不安があった。

「……王家が私に求めるのは子供を産むことですか？」

「ああ」

「では、二人産んだら私を閨《ねや》から解放してください。公式の場での王子妃としての公務はお引き受けします。愛人をお迎え頂いても構いません」

「……あなたはその条件で構わないのか？」

「ええ、殿下がこの条件を呑んでくださるのなら私は妥協いたします」

一国の王族相手に酷い発言だと自分でも思う。しかしメリルは自分の中の凶暴な気持ちを制御できなかった。

「妥協、か」

「ご不快ですか？」

「いや」

アベルは首を振った。そして真っ直ぐにメリルの顔を見返してくる。

「全てあなたの望みのままにしよう」

「よろしいのですか？」

目を見張ったメリルに向かって、アベルはしっかりと頷いた。

「構わない。これも私に与えられた罰なんだろう」

そう告げたアベルの顔は無表情だったが、どこか寂しげにも見えた。

マイアへの贖罪を続けるアベルの姿にメリルは絆《ほだ》されるのだが、それはまだ遠い将来の話である。

後日談（三）　小さなおねだり

ルカは過保護だ。朝を一緒に迎えると、マイアをベッドに押し込めて食堂に食事を取りに行った。

（全然平気なんだけどな……）

回復力が、と言うとルカは嫌そうな顔をするのでマイアは沈黙を守り、ありがたく気を遣ってもらうことにした。

だけど退屈だ。手持ち無沙汰のときはいつも針仕事をしていたけれど、ベッドで針を持つのは抵抗があった。

マイアはため息をつくと、本棚の前へと移動する。

あまり本は得意ではないのだが、この際仕方ない。他にはリュートが用意されていたが、生憎マイアに音楽の心得は一切なかった。

本を物色してマイアは苦笑いを浮かべる。

『アストラ星皇国の自然と歴史』『アストラの習俗』『アストラの伝統文様』――見事に隣国に関連する本ばかりが並べられている。

更におかしいのは、市民の間に広く流通している粗悪な藁紙の本ではなく、木の繊維から作られた高級紙製の本がふんだんに並べられていることだ。

アストラから逃がさない。今のうちに予備知識を仕入れておけ――そんな意図を感じる本棚である。

マイアは小さく息をつくと、なんとなく目についた『アストラの習俗』を引っ張り出してベッドに戻った。

……案外面白い。

いつしか夢中になり、文章を追っていると、ルカが朝食のトレイを手に戻ってきた。

マイアは名残惜しさを感じながらも本を閉じ、体を起こしてルカにお礼を言った。

「ありがとう」

「どういたしまして」

そう言いながらルカは、マイアにトレイを手渡してくる。起きずにそのままベッドの上で食べろということらしい。

上流階級では、一家の中で唯一夫人だけが朝食をベッドで摂るのを許されている。その理由をなんとなく思い知って、マイアは頬を赤らめながらトレイを受け取った。

トレイには、穀物の粥が載っており、湯気と一緒に不思議な匂いが漂ってくる。

マイアには馴染みのないこの匂いは、アストラ独自の香辛料の匂いだ。

かの国はこちらよりも寒いので、香辛料をふんだんに使った料理が好まれている。この香辛料には、体を温める効果があるそうだ。

どこかアストラの要素がある料理を提供されるのも、向こうの環境に早く慣れるようにという意図があるのかもしれない。

「大丈夫？　口に合う？」

黙々と粥を口に運んでいると、ルカが声をかけてきた。

「これは平気。でも向こうのお料理はもっと香りがきついのよね？　それはちょっと不安かな……」

食事が合わなければ亡命後の生活は辛いものになるだろう。マイアは表情を曇らせた。

「これが大丈夫なら、ある程度は食べられると思う。それに一応向こうでもこっちの料理を提供する店はあるよ」

「連れて行ってくれる？」

「うん。移動してすぐは無理かもしれないけど……」

ルカは言葉を濁した。マイアはそんな姿に小さく息をつく。

「軍の基地で生活するのよね」

「……聞いたんだ」

「おじ様が教えてくれたの。しばらくは会えないかもって」

「まずは訓練を受けるから。しばらくは宿舎暮らしになると思う」

ルカはバツが悪そうな表情で教えてくれた。

「聞いてないんだけど」

「今言った」

言えばいいってものじゃない。マイアは、むっと膨れてルカを睨んだ。

「どうして教えてくれなかったの!?」

「なんとなく言いづらくて……」

どうしてこんなに腹が立つんだろう。マイアは自分の気持ちがわからなくて自問自答する。

こんなことで子供みたいに腹を立てる自分は嫌だ。みっともないと思うのに、怒りがおさまらない。

マイアは深呼吸すると、ルカに向き直った。

「お店だけじゃだめ。腕輪も買って」

するとルカは目を見張る。

「硝子玉が付いてるのが欲しい。外側が金で、緑とのグラデーションになってるの」

「それは……特注で作ってもらわないと」

そう告げたルカの顔は、少し赤くなっていた。


アストラでは結婚のとき腕輪を交換する風習はないけれど、その代わり、式では互いの手首を赤いリボンで結んで、神官から祝福の聖水を注いでもらうそうだ。

つい先程まで読んでいた本に書かれていたことを思い出し、マイアは自分の手首に視線を向けた。

《了》

あとがき

一巻に引き続き、この本をお手に取って頂きありがとうございます。

まずは謝辞を述べさせて頂きます。
一巻に引き続きイラストをご担当頂きました三登いつき先生。今回も素晴らしいイラストの数々を描いて下さってありがとうございました。
カラーもモノクロも本当に美しくて、お引き受け頂いた幸せを噛み締めております。

また、担当編集様、版元の一二三書房様、今回も刊行までご尽力いただきありがとうございました。

そして、コミカライズ担当の名取そじ先生。この作品の世界を広げて頂きありがとうございます。
二月にコミカライズ版『雑草聖女の逃亡～隣国の魔術師と偽夫婦になって亡命します～』の単行本一巻が刊行されておりますので、こちらも合わせてお手に取って頂けましたら嬉しいです。

最後に、この作品を応援して下さった読者の皆様。
皆様のお陰でこうして書籍という形になってこの作品を世に送り出す事ができました。

本当にありがとうございました。

三月吉日

森川　茉里

唯一無二の最強テイマー
～国の全てのギルドで門前払いされたから、
他国に行ってスローライフします～
原作：赤金武蔵　漫画：田村紘一
キャラクター原案：LLLthika
異世界還りのおっさんは
終末世界で無双する
原作：羽々音色　漫画：ダンタガワ
ジャガイモ農家の村娘、
剣神と謳われるまで。
原作：有郷　葉　漫画：たぢまよしかづ
キャラクター原案：黒兎ゆう

雷帝と呼ばれた最強冒険者、魔術学院に入学して一切の遠慮なく無双する
原作：五月蒼　漫画：こばしがわ
キャラクター原案：マニャ子
どれだけ努力しても万年レベル0の俺は追放された
原作：蓮池タロウ　漫画：そらモチ
モブ高生の俺でも冒険者になればリア充になれますか？
原作：百均　漫画：さぎやまれん　キャラクター原案：hai
COMIC NOVA ノヴァ
https://www.123hon.com/nova/
話題の作品
続々連載開始!!

雑草聖女の逃亡 2
～隣国の魔術師と偽夫婦になって亡命します～

発 行
2024年03月15日　初版発行

著 者
森川茉里

発行人
山崎　篤

発行・発売
株式会社一二三書房
〒101-0003　東京都千代田区一ツ橋 2-4-3 光文恒産ビル
03-3265-1881

編集協力
株式会社パルプライド

印 刷
中央精版印刷株式会社

作品の感想、ファンレターをお待ちしております。
〒101-0003　東京都千代田区一ツ橋 2-4-3 光文恒産ビル
株式会社一二三書房
森川茉里 先生／三登いつき 先生

Printed in Japan, ISBN 978-4-8242-0133-1 C0093
※本書は小説投稿サイト「小説家になろう」（https://syosetu.com/）に
掲載された作品を加筆修正し書籍化したものです。